Vincenzo Padula

Il Monastero di Sambucina
novella calabrese

Texte et illustration de couverture : © domaine public
Edition : Culturea (Hérault, 34)
Contact : infos@culturea.fr
Retrouvez notre catalogue sur http://culturea.fr
Imprimé en Allemagne par Books on Demand
Design typographique : Derek Murphy
Layout : Reedsy (https://reedsy.com/)

Dépôt légal : janvier 2023

ISBN : 9791041843374

Canto primo.

O agresti solitudini, o pinete,
O monti della Sila cosentina,
Che l'estrema reliquia possedete
Del Monastero della Sambucina,
Col rumor della caccia altri le quete
Ombre vostre profani, e l'eco alpina;
Giovine io sono di piú mite ingegno,
Amo le Muse, e a meditar quì vegno.

A meditar sui rovi, e sull'ortica,
Sull'edera tortuosa, onde ammantate
Sono le mura della casa antica
Un tempo dalle Vergini abitate,
Che vi lasciâr partendo un'aura amica
Un raggio delle lor forme beate
Di lor sen, di lor vesti una fragranza
Un suono qual di voci in lontananza.

Eran fanciulle, che all'età di amore
Tolser l'ali ad amor, e a vol poggiaro
Come colombe, che nel chiuso orrore
S'involan delle selve al nibbio avaro
Lungi da questo mondo ingannatore,
Locando in dio l'affetto lor più caro;
Ora fama ne serba un debil grido,
Partiron le colombe, e vuoto è il nido

É vuoto il nido, e 'l venticel, che spira
Pei corridoi e le moscose celle,
Sembra che imiti il suon di un piè, che gira
Leggero, leggerissimo per quelle,
Ma dove i canti della sacra lira?
Dove i sospiri delle verginelle?
Solo rumor, che si ode, è quel dei venti,
Dell'imposte, e dei tegoli cadenti.

Partirono siccome pellegrino
Stuolo d'augei, che un'infallibil arte,
Un istinto profetico e divino
Guida a clima migliore, a miglior parte;
Arresta in luoghi inospiti il cammino
Finchè dura la notte, e poi riparte,
Ripiglia il volo con più lieto metro,
Varca le nubi, né si guarda indietro.

Quante memorie! Quì crescente nota
Vedi di nomi, cui talor scolpìa

Sopra i pioppi la vergine devota,
Mentre ai dì scorsi col pensier reddìa;
Lì appeso al trave d'una stanza, or vota,
Il nido, onde la rondine fuggìa
Quando non più vi ritrovó colei
Che accordava il suo canto a quel di lei.

Memore nondimeno, il caldo aprile
Come un altar queste rovine infiora
E in ogni fior che piega il capo umìle
Par che vergine viva e preghi ancora
La cui polve chi sa, se in quel gentile
Fiore, che ne spuntò, non si colora,
Finchè ognuna fia data all'altra vita
Di questi stessi fiori il crin vestita.

Ma prima deh! che alla seconda vita
La tromba dell'Arcangelo vi appelli,
Concedetemi, o vergini, che ardita
Domandi la mia voce i vostri avelli.
Mi assideró sovra essi, ed avran vita
Dentro i miei carmi i vostri nomi belli;
Io canto, e parmi già dal paradiso
Vedervi su di me chinare il viso.

Cantar mi giova dell'Eugenia vostra,
Quì nata, e quì appassita al par di fiore,
Che non scoppiato ancor dalla sua chiostra
Cade, e reca con sé tutto il suo odore;
Scomparsa qual ruscel, che come mostra
Le limpide onde, in sua sorgente muore,
Ignoto all'erbe azzurre, e perse, e gialle,
Ond'è dipinta la soggetta valle.

Quì crebbe pargoletta e se vagìa,
Una cerva, che umano indole avea
I turgidi e villosi otri le offrìa,
E lambivale il volto e ne godea,
Mentr'ella con tal grazia la ghermìa,
Che figlia d'una fata esser parea,
La quale sotto vil forma ferina
Nascosa avesse sua beltá divina

E già, bianca farfalla, avea le penne
Spinto oltr'i fiori del secondo lustro,
Nè vestivale ancor voto solenne
D'aspre lane del collo il bel ligustro:
Cresceale intonso il crine, e con perenne
Gara le suore gliel rendean più lustro,
Nutrendolo di odori, e in vario rito

Attorcendone il crespo oro forbito.

L'esser suo l'era ignoto, ed una muta
Notte l'alba coprìa della sua vita:
Come nacque e da chi? come venuta
Era là quella piccola romita?
Ignora se una madre avesse avuta,
Qual fosse stata, e come là riuscita,
E sempre invano ad indagar si prova,
La natura del luogo, in cui si trova.

Era così d'un augellin sull'ali
Goccia sospesa di tremante brina,
Che in sua limpida sfera agl'immortali
Raggi del sol fa specchio e alla collina;
Ignora nondimeno i suoi natali,
Nè sa da qual si alzò sorgente alpina,
Come indi al ciel salì, come fu spinta
Sulla mobil di augello ala dipinta.

Ben ne chiedeva, ma le chieste suore
O si stringean negli omeri, o con blande
Risposte incerte, e di nessun valore
Si difendeano dalle sue dimande:
Con tale alfin ridussesi, che amore
Più che l'altre compagne aveale grande,
Ambe le mani al collo le congiunse,
I suoi dubbi le aperse e poi soggiunse:

Dimmi tutto, o Teresa, se tu brami,
Che ci riceva ognor lo stesso letto,
Che a te sola dia baci e ti richiami
Un pò di vita su quel morto aspetto,
Se vuoi che ratta allor che tu mi chiami
Ti corra incontro e ti balzi sul petto,
Che teco io canti, e facciami, siccome
Meglio ti piace, ornar da te le chiome

L'arguto mento le stringea Teresa
E rispondea commossa: Eugenia mia,
Di quel che chiedi, se io ne fossi intesa,
Ad appagarti non sarei restia;
Ma a che non apri la tua voglia accesa
Alla madre che regge la badia?
Ella ha senno maturo, ed ella sola
Può dar risposta ad ogni tua parola

L'intende la fanciulla, e, dall'amica
Staccandosi repente, un corridore
Lunghissimo traversa, e dell'antica

Madre giunge alle tacite dimore,
La cui porta ha nel sommo una pudica
Immagin di Maria, che tutt'amore
All'ombra del mantel, che ampio discioglie
Una schiera di vergini raccoglie.

Resta per poco a contemplare il viso
Delle ruvide suore, e le di neve
Mani congiunte sotto il mento, e 'l fiso
Occhio che di Maria la luce beve,
E i veli così veri, che l'é avviso
Che palpiti in quei veli un'aura leve,
Di poi le conta, e da stupore é vinta
Che tra lor non si trovi anche essa pinta

Della badessa alfine entra la stanza,
Dove di vita angelica e di pace
É sola soavissima fragranza,
E l'aria è pigra, e mesto il dì si tace;
E lentamente e timida si avanza
Ver lei, che a terra sopra il volto giace
Appo i taciti letti, il seno oppressa
Dal pensier della morte, e di se stessa:

Che innanzi le pendeva infitto al muro
Su legno polveroso un Dio morente
E a piè di quello, un teschio arido e scuro,
Che un tempo ebbe speranze, amori e mente;
Or vi ordisce gli stami il ragno impuro
Entro le cave delle luci spente;
Cosí tra le memorie ella é romita
Del nulla umano, e dell'eterna vita.

Tacitamente ancor sulle ginocchia
Si pone la fanciulla a lei vicina;
Poi leva il capo, e lungamente adocchia
Chiuso dentro la gabbia un canarino,
Che or becca di panìco una pannocchia
Or qua e là saltella, e al sol, che chino
Verso il tramonto la prigion gl'indora,
Canta un saluto e la prigion deplora.

Ma, compiute le preci, in piè levosse
L'antica donna, sulla cui severa
Fronte parea che impresso un raggio fosse
Vibratole dal Dio, che innanzi l'era.
Avea di pianto le palpèbre rosse,
E la maestà di vergine guerriera,
Che dei mortali affetti, e della terra
Sotto il vessil di Dio vinto ha la guerra.

Vide a sè presso Eugenia, e 'l vecchio aspetto
Parve per poco che ringiovanisse;
Di lei sul capo con materno affetto
Congiungendo le man, la benedisse;
Poi pigliandola seco, e all'aer schietto
All'aer aperto uscendo:Andiam, le disse;
Andiam nell'orto ed ivi i fior più cari
Corrêmo, o figlia, per ornar gli altari

Disteso in ampio giro appo le mura
Era il culto giardin della badìa
Dove di beltà mille la natura,
Vergine capricciosa, un misto offría;
Che il suol or sorge in colle, ora in pianura
Giace, e per tutto valli ed antri aprìa,
Antri muscosi sul cui fondo cieco,
Memore di sol'inni, abita l'eco.

Là vedi un pergolato, ove nell'ore
Che ha il sol varcato di suo corso il mezzo,
Qual schiera di farfalle hanno le suore
Il bel costume di carpirne il rezzo,
Vi ronzan l'api, vi sussurran l'ôre,
Mandan pampini e grappi un caro olezzo
E 'l sol, che sulle brune uve scintilla,
Arde men bello della lor pupilla.

Levasi altrove accanto all'infecondo,
Tristo onor della morte, atro cipresso
Il salice, che versa gemebondo
Le sciolte chiome, e par da duolo oppresso
Mentre ad entrambi in suo pallor giocondo,
Simbolo di alma pia, fiorisce appresso
Dalle candide bacche il pingue ulivo,
Che all'inverno contrasta e sempre è vivo

L'orto divide con le garrule onde
In molte vasche prigioniero un rio,
Che, gremite di fiori ambo le sponde,
Cerca fra valli sinüöse obblio:
Ivi le suore fan nitide e monde
Lor vesti e i lini dell'altar di Dio,
E spesso inispecchiarsi in fondo a quelle
Acque arrossiscon di vedersi belle.

Colá ciascuna pianticella serba
Il nome di sua vergine cultrice,
Cresce con lei di tanto onor superba
E, crescendo con lei, l'età ne dice,

E le somiglia, e ne ha la grazia acerba
Quando in Aprile ogni suo fior felice
Par di avere a colei tutto rubato
Dal volto il minio, e dalla bocca il fiato.

Qual ape montanina, il ciel se imbianca,
Susurrando lievissima trascorre
La valle, cui la brina ha fatto bianca
L'odorato suo pascolo a raccorre;
Tale la bella Eugenia a destra e a manca
Come librata sopra l'aura corre
E l'erbette calcate ergon la testa
Desiose di baciarne almen la vesta

Dall'alto delle siepi il fior le fea,
Il calice abbassando, un dolce invito
Di esser colto da lei, che era la Dea,
Che era la Ninfa, che l'avea nutrito;
Ed essa, questo e quel mentre cogliea,
Fermavasi talor, dove imbrunito
Dall'ombra d'alte canne, ampio vivaio
Stuol di pesci nutria minuto e gaio

E or spicinando poco pan sull'onde
Ne richiama la muta famigliuola,
Che alza l'arcato dorso e le risponde,
Come se ne intendesse la parola:
Oscilla con le code tremebonde,
Afferra l'esca avidamente e vola
E l'auree pinne vibrando scintille
Fan che il solcato umore arda e sfaville

Sotto d'un melo intanto l'abbadessa
Pensava a Dio, la cui bontà suggella
Di sè tutte le cose, ed ha concessa
Un'anima a ciascuna e una favella:
Ogni atomo creato l'interessa,
E tanto agli occhi suoi grande è la stella
E tanto l'uomo quanto il musco e il fiore,
Quanto l'insetto, che il dì vede e muore.

E pensava così, mentre volare
Mirava una dolente cardellina
Sempre attorno a quel melo e non osare
Per temenza di lei farsi vicina,
E or trepida partire, ora tornare
Or a terra posarsi, or su una spina,
E guatare affannando imprigionati
In quel melo i suoi figli or ora nati.

Scoverti quegli uccelli avea Teresa
E, a che non fosse il suo desio deluso
Di possederli adulti, in gabbia appesa
Al medesimo melo il nido chiuso,
Dov'ora che la madre han vista e intesa
Mettean sì acute strida oltre il lor uso,
Che tal pietade il core le percosse,
La venerabil madre in piè levosse.

E di sé col condursi ad altro lato,
Alla cardella tolta ogni paura,
Questa, preso l'istante, al nido amato
Voló qual strale rapida e sicura:
Apron la bocca i figli in flebil piato,
Le nude ali agitando, alla pastura,
Mentre che per le gratole ella caccia
Il capo, e fa che or l'uno or l'altro taccia.

 Oh provvidenza! dal commosso petto
La badessa esclamava, ah! tu pur sei
Che della madre il nome all'augelletto
Insegni e accendi tanto amore in lei;
E tu sei pur che al peccator ristretto
Nella cieca prigion dei vizi rei,
Che di ogni spirital cibo si priva
Mandi un raggio che il nutre, e lo ravviva

Quì viene Eugenia, e tosto a lei, che china
Versale in grembo i giá raccolti odori,
Chiede amorosa:Alla Maestá divina
É forse d'uopo di cotesti fiori?
Ah! non son questi i fior, che egli destina
Per la sua mensa! sono i nostri cuori!
Ei li crea, ei gli educa, egli li cole,
Di sua grazia gli avviva, e suoi li vuole

L'edra, che a questo mazzolino è freno,
Ad un'anima povera è simìle,
Che strisciando sull'umido terreno,
Luce non vide mai di biondo Aprile,
E questo bosso, che dal crespo seno
Alcuno non ci manda odor gentile,
O Figlia, è l'alma mia, che a Dio non diede
Altro che inutil voto, e steril fede.

Ma vedi poi questo botton di rosa,
Che dagli spacchi di sua verde chiostra,
Tutta vergognosetta e timorosa
Il minio verginal mostra e non mostra?
Tale, Eugenia, sei tu, la cui formosa

Faccia dei rai di Dio tutta si innostra,
Di Dio, che scende dentro l'alma tua,
E vi dimora come in casa sua

 Ed oh! rispose Eugenia, ed oh! se mai
Son le fanciulle a Dio tanto dilette,
 Perchè fanciulla ancor tu non ti fai?
 Perchè un tempo tal fui, nè Dio permette
Or che torni all'età, che già lasciai
 Ah! dunque un giorno fia, che giovinette
Più non sarem Teresa ed io? che avremo
Rugoso il volto, e il crin canuto, e scemo?

Figliuola, sì; non vedi ogni arboscello
Ingiallire le frondi, e lentamente
Dispogliarsene, e perdere ogni bello
Quando torna la neve, e 'l vento algente?
 Sì; ma nuova beltà ripiglia quello
Al nuovo sole, ed all'april vegnente;
 E siccome di lui, perchè fiorita
Di noi non si rinnova anche la vita?

 Rinnoverassi, ma non già quì in terra,
Non sotto questo sole, e questo cielo,
Ma colà, in alto, dove non fan guerra
Dell'ostili stagioni il caldo e 'l gelo.
 E sia così; ma quì ogni pianta serra
Nel frutto il seme, ond'esce un nuovo stelo;
 E produrre perchè non posso anch'io
Un nuovo viso che somigli al mio?

Ben mi ho fatto una bambola, e Teresa
Me la volle adornar di nastri e fiocchi;
Ma ella sta muta, ma ella sta distesa,
Ma verso non vi è mai ch'ella mi adocchi,
Vado a dormire e dico: una sorpresa
Certo doman farammi aprendo gli occhi;
Ma viene la dimane e 'l suo sembiante
Trovo come il lasciai la sera innante.

 Sorrise la Badessa, e: o Figlia, il seme,
Rispose, che tu invidii all'arboscello,
É dentro te, dove la Fè e la speme
Partoriscono un frutto ognor novello.
 O madre, no, non dissi io questo: insieme
Possono mai prodursi il seme, e quello?
Dell'arboscello non è il seme pria?
Ed io che fui pria dell'infanzia mia?

Come nacqui e da chi? Da me nascesti:

Non mi chiami tu madre? E tale io sono
 Ah! è ver; ma dimmi: come mi facesti?
Di questo appunto meco ognor ragiono.
 Ecco: come una bambola tu festi
E udir bramavi di sua voce il suono,
Una bambola anch'io feci una volta
E volea che si fosse a me rivolta:

Onde pregai: Deh! manda un'alma, o Dio,
A questa di mia mano opera muta;
Ed ecco Dio dà ascolto al prego mio,
E quella bamboletta in te si muta.
 Madre, ma come se nel cielo era io,
Dio volle che quaggiù fossi caduta?
 Per amarlo, o figliuola. E assai piú amato
Non l'avrei forse se io gli stavo allato?

Dunque noi sole quì? Sole, o mia figlia.
 E per noi sole tanto ciel si serra?
Di fìor, di erbe, d'augei tanta famiglia?
Ed oltre di quei monti, a cui si afferra
Il ciel, curvo siccome ampia conchiglia,
Non é forse altro cielo ed altra terra?
 E il vuoto nulla. E ratto la fanciulla
Impaziente chiedeva: E dopo il nulla?

Quì poi senza un compagno? Hanno un compagno
Anco gli augelli! Quella cardellina
La vedi, o madre? Io di pietà ne piagno,
Nè ho cuore di mirar la poverina.
Or che l'è chiuso il nido, odi che lagno
Fa con l'amico suo su quella spina?
Vé come mesti a sogguardar ci stanno.
E di accostarsi ai figli ardir non hanno!

Entro il melo io li vidi un giorno lieti
Dei nidi affaticarsi intorno all'opra,
Dirsi con sguardi alterni i lor secreti,
Ed abbicarsi l'uno all'altro sopra,
Poi cinguettare e saltellar mansueti,
Porsi a vicenda le piume sossopra,
Lisciarsi l'ali, e l'uno all'altro appresso
Partire e ritornar sul ramo istesso.

Io al loro bisbigliar, frenando in petto
Il respiro, origliava, e mi piovea
Nell'alma un malinconico diletto;
Or perchè nulla, o madre io n'intendea?
Eppur ben io tutto il salter mi ho letto,
Ma di essi niun come il salter dicea.

Che raccontano mai? La lor favella
Apprenderò, se io fia piú grandicella?

 Conoscer tanto, o Figlia, non ci è dato;
Han pur la voce lor tutti gli augelli;
L'arida foglia errante di aura al fiato
Ha pur la voce sua, l'han gli arboscelli
E l'han le mobili onde, e i fior del prato;
Ma chi comprende come ognun favelli?
Solo Chi degli augei contò le piume
Dei boschi i rami, e le goccie del fiume.

Al par di quegli uccelli anco un consorte
La donna avea, che si nomava l'uomo.
Dio l'una fece bella, e l'altro forte,
Lieti finchè non si accostaro al pomo.
Ma lo toccâro, e tosto entrò la morte,
Dalla cui falce l'uom fu vinto e domo...
 Ma, o madre, queste cose ho tutte a mente,
Chè tu dette me l'hai così sovente.

Perchè noi pure Dio non spense? Oh! noi
Sotto il mantello proteggea Maria;
Ché somiglianza di natura i suoi
Pensier pietosi verso noi nutria.
Qui prive, o Figlia, di compagni poi
Non siam, qual pensi; chè ove che tu stia
E di giorno, e di notte, appo il tuo lato
Veglia sempre un compagno innamorato.

 Davvero, o madre? e chi é costui? Deh! il mira,
Da noi non molto lungi egli soggiorna;
Sulla lieve del vento ala e' sospira;
E pinge i fiori e le stagioni adorna;
E di astri il cielo ingemma, e lo inzaffira,
Ei vi accende la Luna, egli l'aggiorna,
Egli ti muove il piccol cor nel petto;
Ah? non tu vedi o figlia? È l'angioletto.

Copre ognuna di noi con l'auree piume
Un Angel, che c'insegna il primo riso,
Delle lacrime nostre asciuga il fiume,
E per amor di noi scorda l'eliso;
Egli l'alma consiglia, ei le fa lume,
La segue sempre, e non n'è mai diviso;
Egli per noi favella al suo Signore;
Amore è il nome suo, la voce è amore.

 Madre, e chi vide mai questi angeletti?
 Chi mai li vide? mille verginelle

Che a te pari in età, gli onesti affetti
A Dio serbâro di lor alme belle.
Ma vedi che tramonta? Ora i miei detti
Ti accendin sì, che tu somigli a quelle.
Al nuovo giorno molte e varie cose
Ti mostreró di quelle avventurose.

Tacea quí la Badessa, e già la sera
Un soave color di margherita
Spargea sull'occidente, e della schiera
Delle stelle una sola era apparita;
E su pel cielo il sol che ascoso si era,
Spargea tre raggi, che parean tre dita
D'una man, che si ergea da dietro i monti
Delle due donne a benedir le fronti.

Canto 2.

Tacite tutte, e di umiltà ripiene
Giá si erano di Dio le caste ancelle,
Togliendosi alle parche e fredde cene,
Ritratte e chiuse nelle proprie celle.
Dormiva il Monastero, e lene lene
Carche di viole e d'immagini belle
L'ali il sonno scuotea sopra ogni suora;
Tu sola, Eugenia, non dormivi ancora.

Dall'aperta finestra ella si stava
Appresso il fianco della sua Teresa
E con l'occhio la luna accompagnava
Ad ogni passo della nube offesa,
Che come fuori d'una si mostrava,
Era da un'altra immantinente attesa,
E poi da un'altra, e poi dal bigio velo
Di mille, che nuotavano pel cielo.

Ed ora serenissima si affaccia,
E dal vecchio convento ogni ombra fuga,
Or tra le nubi ricade, e la faccia
Qual per subito duol le si corruga;
Ora, spirando il vento ella si caccia
Da nube a nube in frettolosa fuga,
Libera alfin si ferma, e tutta bianca
Sta in mezzo al cielo, come vergin stanca;

Libera alfine; ché per ogni parte
Con l'ali quelle nubi agita il vento,
E le mesce, o le spazza, e le comparte
Per l'estremo confin del firmamento;
Come di neve bioccoli, altre sparte
Cadono sovra i colli, altre d'argento
Orlano i bruni lembi, e qual si sfiocca,
Come morbida lana a ciocca a ciocca.

Conta le nubi, e nel suo cor poi dice
L'inesperta fanciulla: Ove mai vanno?
É in quelle nubi alcuna abitatrice?
E giovinette, come noi vi stanno?
E perchè quella Luna è sì infelice?
Perchè all'urto non cade, che le danno
L'avverse nubi? E com'ella, non dove
Nasce, tramonta; ma tramonta altrove?

Ed alla semplicetta sembra vero
Tutto, che la Badessa aveale detto:

Come la Luna vergine, un pensiero
Le sorride sul volto candidetto
Crede un angiol veder che l'emisfero
Per lei renda sì vago, e che l'aspetto
Trasformandone ognor, per lei serena
Apra di nubi inaspettata scena.

Ma fredda e bianca più di quella luna
Leva Teresa la penosa fronte;
Guarda anch'ella quell'astro, e ad una ad una
Tutte le pene sue par che gli conti;
Umidi ha gli occhi, e nudo della bruna
Lana il bel collo al vento offre del monte;
Ma tu, montano venticello, in lei
Non più trovi il tesor dei suoi capei.

Lo stanco capo verso Eugenia volta,
E lungamente di costei rimira
Una lucida treccia, che disciolta
Le serpeggia pel collo, e ne sospira,
Sí che Eugenia di lei, la man raccolta
In entrambe le sue: Che ti martira,
Dice, o sorella mia? Forse qual suole,
Il capo acutamente ora ti duole?

Entriam, chè questa fredda aura ti gela,
E par ti scuota sì come fiammella
Di pallida candela, e qual candela
Pallida hai tu già questa gota e quella:
Pur teco ognor la madre si querela,
Ch'ami il sole che avvampa: o pazzarella,
Tu il consiglio di lei spregi, né sai
Il male che a te stessa, ed a me fai!

E Teresa diceale: Ecco serene
Sono fatte le stelle; una canzone
Di cantar teco in mente ora mi viene.
 Io canto, e che mi dai per guiderdone?
Se l'antica promessa or ti sovviene;
E tempo ben che l'orecchin mi done.
E l'altra rispondea:Cantiamo, e appresso,
Eugenia, ti atterró quanto ho promesso

Or odi i versi, e fa che li rammenti,
Ma voglio sottovoce accompagnata:
« Così mi lasci, e tanti voti ardenti
« Di amor deludi, e tue bellezze, ingrata.
« Ovunque andrai ti porteranno i venti
« I sospiri di quest'alma piagata,
E seguìa; ma con moto subitano

Sul labbro Eugenia le ponea la mano.

La mano le ponea sopra la bocca,
Esclamando: Deh! taci, o mia Teresa;
Là nella valle, dove il rivo sbocca,
In quella siepe hai tu una voce intesa?
È l'usignuol, che canta. Oh! come é tocca,
Come dal verso suo l'anima è presa!
Udiamo: all'onda stessa, all'aura piace
Di dargli ascolto, e l'una e l'altra tace.

E 'l mento su le braccia, che appoggiate
Avea sul davanzale e insiem conserte,
Teresa inchina, e bee le ricercate
Del dolce augello con le labbra aperte.
Con le luci da estasi velate,
Pel collo un braccio Eugenia le converte,
E lieta batte il tempo ad ogni nota,
Scoccandole le dita in sulla gota.

Ma i lievi colpi delle molte dita
E 'l braccio, che le tiene il collo stretto
Non avverte Teresa, ed è rapita
Dalla memoria d'un antico affetto:
Respira, e par che voglia l'infinita
Notturna calma attrar dentro il suo petto,
Nè parla no, ma geme, e quel, che 'l core
Le manda al labbro, sol tu ascolti, o amore:

 O musico selvaggio, a che tu solo
Nel riposo comun piangi, e sei desto?
Sai tu che veglio anch'io? che il dolce duolo
Io de' tuoi canti ascolto, e 'l cor ne è mesto?
Forse il nido perdesti, o rosignuolo,
Che ora svolazzi da quel ramo a questo?
Io pur son sola, io pure il nido persi,
E mille affanni, o rosignuol, soffersi.

Oh! quel tempo dove è, che tu venivi
Del mio giardino dai sambuchi accolto,
Mentre io sul ferro del balcon gli estivi
Ardor temprava del posato volto?
Allora i tuoi concenti eran giulivi,
E 'l mio spirto era in lor tutto raccolto,
Allora, o rosignuol, di tua armonia
Era più dolce assai la vita mia.

Ed ora il cielo è pur, come era allora,
Come allora è la luna, e ogni astro bello
Mi aleggia in viso la medesima ôra;

Tu solo, o rosignuol, non sei più quello!
Perchè mesto così? nè m'innamora
Come una volta il tuo cantar novello?
Ah! dimmi: ti lamenti, o rosignolo,
Forse per me? Ti duoli ora al mio duolo?

Querula la sua voce era altrettanto
In quell'orribil notte, e mi cadea
Solennemente mesto il suo bel canto
Sull'anima infelice, e pur non rea.
Chi sa se or viva o no? chi sa se il pianto,
Che sotto i miei balconi allor spargea
Or estinto rinnovi in altro aspetto,
Nell'aspetto di te, caro augelletto?

E su tali pensieri istupefatta
L'anima di Teresa si arrestava,
Quando Eugenia levandosi ad un tratto:
Entriam, cara sorella, entriam, sclamava;
Hai ghiaccio il viso, ed ogni vena rotta
Batter ti sento nella tempia cava
E la trae dentro, e in grembo a lei si asside,
E tutta vi si dondola e sorride.

E così stando, leva la manina,
Gliela liscia alla gola, e lentamente
Indi all'estremo orecchio l'avvicina
Per richiamarle la promessa a mente
Dicendole: Recasti fanciullina
Quì, nell'etade mia, verun pendente?
Ancor vi scorgo, o cara, un picciol foro
Forse hai perduto quei pendenti d'oro?

Dell'innocente astuzia a fior di labro
Ride Teresa un mestissimo riso;
Poi la bacia, e le lascia di cinabro
Un'impronta gentil sovresso il viso;
Poscia una chiave, in cui da dotto fabro
Fu un serpentello intorno intorno inciso,
Toglie ed apre con essa un bel forziere,
Che presso il letto ella solea tenere,

E ne cava un anello rilucente
Che arcano nome in cifre avea scolpito,
E pria lo guata pensierosamente
E poi se 'l caccia nel suo piccol dito;
Ma quel dito vi scorre largamente,
Chè sue rotonde grazie ha già smarrito:
Ella se 'l vede, ne sospira, e appresso
Trae fuori l'orecchin che l'ha promesso.

Se 'l prende Eugenia, e per gli avuti doni
Lieta, spiumaccia con le snelle dita
Il verginale letto, ed i coltroni,
E a prender sonno la compagna invita;
Ma pria smorzano i lumi testimoni,
Ché a mostrarsi a se stessa ognuna evita
E quando ebber deposto il loro schietto
Pudico vestimento, entrâr nel letto.

 Deh! abbracciami, diceva, Eugenia mia,
La dolente Teresa, orsù m'abbraccia;
Su la mia bocca la tua bocca stia,
S'intreccino le tue con le mie braccia
E l'altra rispondea:Deh! quando fia
Che simile il mio petto al tuo si faccia,
E si gonfi e si parta anch'esso in due
Acerbe pome, come son le tue?

Ed un soave brivido Teresa
Della fanciulla al carezzar si sente,
La qual dal sonno a poco a poco presa
Sul sen le resta con la man pendente,
Mentre l'altra, che aveale al collo stesa,
Se ne distacca ancor languidamente,
E già dorme, e già suona il suo respiro
Come d'aura odorata alterno spiro.

 O rosea aurora della vita umana
Sclama in suo cor Teresa, o Fanciullezza!
Che rechi, e in te racchiudi intatta e sana
Di gioie inconsapevoli ricchezza;
Immagine di ciel, che alla mondana
Valle sei nunzia d'immortal bellezza;
Farfalla, a cui la risplendente piuma
Del natio paradiso aura profuma!

Come al prezzo darei tutta la vita,
Al prezzo di tornare un giorno solo
La fanciulla Teresa redimita
La fronte d'innocenza e ignota al duolo!
E tu perché, o Signor, bella e fiorita
Ci dài l'infanzia, se la fugge a volo,
E da quell'alba così chiara e pura
Succeder deve una giornata oscura?

Perchè morta non son, quando il mio core
Tutto casto era ancor? quando il cor mio
Non invaso dal mondo, e dall'amore
Serbava in se l'immagine di Dio?

Perchè non cogli sul mattino il fiore,
Pria che smarrisca il suo decor natio?
Ti dorrai tu col fior? Ti dirà quello:
Perchè colto non mi hai, quando ero bello?

Ah! se richiesto tu mi avessi allora
Che mi creavi, o Dio, ti avrei gridato,
Non farmi donna, no, bensì dell'ôra
Dammi le placide ali, e 'l molle fiato;
Fammi un fiorel, che al pianto dell'aurora
Occulto nasce ad una siepe allato;
Una fronda, che ignota e spunti e cada,
Un fil d'erba, una goccia di rugiada

Ed amar non mi lice? E questo in petto,
Questo cor chi lo pose? E se tessuto
D'auree corde l'hai tu, come all'affetto,
Che fa vibrarlo, può restarsi muto?
A ferro, a sasso privo d'intelletto
Somigliante perchè non l'hai renduto!
Gli occhi mi doni, nè poi vuoi che miri
L'alma luce del sole, e la sospiri?

Come dorme tranquilla! come lento,
Secondando il respiro, il cor le batte,
D'ogni vile desio, d'ogni fermento
Sgombro, del sen sotto le nevi intatte:
Così lampada sacra arde, ed 'l vento
La sua dritta fiammella invan combatte,
E al cristal, che la chiude, attorno spesso
Va la farfalla, e non vi trova ingresso.

S'ella morisse, a lei parria l'eliso
Forse di quel che sogna assai men bello;
Dorme, e dormendo coglie il fiordaliso;
Dorme, e dormendo ode cantar l'augello,
Ora sorride, or salta, ora l'è avviso
Di sedermisi in grembo, o del ruscello,
Vagheggiarsi, e agitar, stando allo specchio
L'oro, di cui testé le ornai l'orecchio.

Cara fanciulla, e a che ti ange il desio
Di rompere il mister, che ti circonda?
Sublime è come la scienza di Dio
Questa, in cui vivi ignoranza profonda.
Dormi: nel lago del tuo cor non io
Gitterò il sasso, che ne turbi l'onda;
Sian del male l'immagini deformi
Lungi da te, cara fanciulla: dormi!

Così dormissi anch'io! Ma ahimè! dolenti,
Come per febbre, son le mie pupille,
Batton le vene sui lor globi ardenti,
E mi fanno veder cento scintille;
Ed odo entro l'orecchio due torrenti,
Un suon continuo di funeree squille;
E invan te, o sonno, ad invocar mi stanco
Ora sul destro, or sul sinistro fianco.

Dure veglie! ma veglie dilettose
Ebbi un tempo;… ma via, lungi, o pensiero!
Orsù dormiamo E quì Teresa pose
Il capo in abbandon sull'origliero;
Ma ingannevol quiete le compose
Per poco i rai; che un tempo menzognero
L'alma amorosa le mettea in tumulto
E tutto il suo bel corpo era in sussulto.

E svegliosse da un fremito compresa
Schiusa la bocca ed umida di baci,
Però che si sentia l'aria contesa
Da due che la stringean braccia tenaci,
Tenaci e care braccia, ond'Ella presa
Gioie un tempo gustò troppo fugaci;
Mosse attorno le mani, a sè d'accanto
Quando alcun non trovó, spezzossi in pianto:

 O crudele! esclamó poi la dolente
Abbi di me pietà, cessa, va via:
Che cerchi in questo luogo penitente,
Ove ogni gioia, ove ogni amor si oblia?
Nè il dì ti basta, che ancor ti presenti
Di notte a conturbar la mente mia?
Fammi dormire, o crudo; ecco io mi sto
Qui sola, e i sonni tuoi non turbo io no!

Così dice la misera, e si prova,
A richiudere il ciglio lacrimoso;
Ma un cantico la fere, e fa che muova
Da lei lontano il reduce riposo.
Riapre i grevi occhi, e già la luce nuova
Pingea la stanza di un chiaror dubbioso,
Onde le braccia componendo a croce
Immota ad ascoltar sta quella voce:

Voce argentina di due monacelle,
Che correndo pei lunghi corridori
Su per le fughe dell'opposte celle
Solevano cantare ai primi albori;
Ai preghi mattutini le sorelle

Risvegliando, e chiamando ai sacri cori
E del passo, e del canto al suono eguale
Parean colombe, che agitasser l'ale.

Care suore, or via sorgete
Al Signor, che ci fa liete,
Al signor, del nuovo giorno
Col ritorno un inno orsù.

Non in questo mondo infido
L'alma nostra fa il suo nido
Ma sospendelo alle belle
Chiare stelle di lassú.

È di gioia, é di diletto
Il cantar dell'augelletto;
Questa terra è il suo paese,
Nè egli attese un altro dì.

Ma a noi é luogo di passaggio,
Una notte senza raggio,
Un albergo: il nostro giorno,
Il soggiorno non è qui.

Non di gioia in questo chiostro
Suoni dunque il canto nostro;
L'accompagni il pentimento,
E l'accento del dolor.

Nell'esilio si sospiri
Il terreno dei desiri,
Dove aspettasi lo sposo
E il riposo nel suo amor.

Qui tacque il canto, e rauca ancor si udia
Gemer l'eco del lungo corridore,
Onde l'aria divisa ognor più gìa
Disperdendosi in mille onde sonore;
L'aria tremava, e al par di lei sentia
Dolcemente tremar Teresa il core,
Che le spalle appoggiando agli origlieri
Ragionava così coi suoi pensieri:

 Almen, se notte é questo mondo, almeno
Fosse un perpetuo sonno anche la vita;
Nè ce destasse amore, o il suo veleno
Non facesse insanabile ferita.
Sì lo sposo ci aspetta, ed ivi al seno
Potrò stringer quell'uomo, a cui rapita
Fui qui dall'empia sorte, e dir: ti amai,

Ed ora non sarem disgiunti mai.

E sorride all'Eugenia, che, levata
Bianca dal sonno, e madida la faccia,
Aperta intanto aveva l'impannata,
E le mostrava con le nude braccia
La luna, che tra gli alberi fermata
Rimpetto al sol, che spunta e la minaccia
Par che ne penda qual pomo di argento,
E con gli alberi insieme ondeggi al vento.

Canto 3.

Chi a quel concerto vario ed infinito,
Che fanno uccelli, e rivi, aure e foreste,
Quando nascendo il dì, par che vestito
Di beltá nuova il mondo si ridesta,
Il canto mescolarsi avesse udito
Delle suore e le preci alterne e meste,
Le cure di quaggiù poste in oblio,
Creduto avria, se non credeva, in Dio;

E provato la gioia, onde l'immondo
Secolo i figli suoi viver fa ignari,
La gioia, che rampolla dal profondo
Di pensier tristi in cuori solitari;
Sparir d'innanzi si avria visto il mondo
Qual granello di sabbia in seno ai mari
Dell'infinito, e stargli a faccia a faccia
L'Eternitade con aperte braccia,

Tutto l'orror mettendogli d'avanti
Dell'oscuro sepolcro, ed i misteri,
Ed i terrori dell'estremo istante,
E del feretro i gelidi origlieri....
Ahi l'uom passa quaggiú, nè di suo pianto
Orma vi resta, tanto ei va leggieri,
Leggeri più che uccel, che il vasto regno
Solca dell'aria, nè vi lasci un segno.

Forse tali i pensieri eran secreti
Che di una tinta pallida l'aspetto
Velavano di tal, che irrequieti
Spirti mostrava, ed era un giovinetto,
Che nel Convento un dì venia tra i queti
Silenzi della chiesa, e in gran dispetto
Guatava con le braccia incrociate
Del coro delle monache alle grate.

Alle grate fissava immoto il viso,
(e quell'atto, e quel guardo era profano)
Da dove trasparia qual fiordaliso
Da bigio panno candida una mano.
Ma amaro poscia gli spuntò un sorriso
Sulla vetta del labro allorchè il piano
Canto del coro udì, che a poco a poco
Crescea ingombrando di mestizia il loco.

Ira, sprezzo, dolor parve dappria
Che il pietoso concento in lui destasse,

Di poi piú attento a quella salmodia
Fecesi, e tenne le pupille basse.
Poi l'ira e 'l duol sparì: sparì la ria
Aria sua di disprezzo, e un sospir trasse,
E, a farlo freddo e bianco e più che gelo,
Un sublime pensier cadde dal cielo.

Sicché subitamente genuflesso
Poggiò sui marmi dell'altare il volto,
E sí immoto restò nel loco stesso,
Che parea delle preci il Genio scolto.
Tacque il canto, ed ei surse; ed il perplesso
Occhio per poco a riguardar rivolto
Oltre le grate quella man, che vi era
Congiunta all'altra in atto di preghiera

A lento passo uscì, né più si vide,
Così serpe novello, a cui superba
La squama maculata in auro ride,
E sibila di April tra i fiori e l'erba,
Se villanella con l'occhio il conquide
E con magico carme il disacerba,
Pon giú l'orgoglio della rosea cresta,
E umilemente a lei bacia la vesta.

Maraviglia destò l'inaspettato
Apparir dell'ignoto giovinetto
Che partendo lasciò forse celato
Un memore pensiero in qualche petto;
Ma la Badessa, che l'avea notato
Lungamente nel tempio, e dall'aspetto
Di lui cosí turbato ed abattuto
Di animo gran tempesta intraveduto,

Facea precetto alle romite suore
D'invocar sempre la celeste aïta,
Che del mondo lo faccia vincitore,
E riduca la pecora smarrita;
E peró da quel dì quando al signore
Insieme a supplicar l'ora le invita,
Per quel giovine pur ciascuna prega
Di quelle caste a cui Dio nulla nega.

Di lui la sola Eugenia non sapea,
Chè oltre ch'era a quel tempo assai bambina,
La Badessa studiò torle ogni idea
Di quanto è colpa, o a colpa si avvicina;
Qual buon cultore che a salvar da rea
Sorte una pianta rara e pellegrina

Ne circonda di pruni il tenue stelo,
E le fa schermo contro i venti, e 'l gelo.

Ond'or che il canto tacque, e lentamente
Furo dal coro l'altre suore uscite,
La Badessa la mena immantinente
Giù nella chiesa perchè a lei scolpite
Restino meglio nella docil mente
Le cose, che le avea ieri ammonite,
E le mostri le vergini beate
Che degli angeli furo innamorate.

Maestosamente grande è quella chiesa,
Ma la cupola altissima ed oscura
Sopra sì deboli archi n'è sospesa,
Che mista a religion mette paura
Che non rovini dal suo pondo offesa
Quella gotica, immane architettura,
Che, nemica del bello, orror sublime,
E terrori, e misteri ai templi imprime.

Ordine lungo per gli opposti lati
Discorre di cappelle ad archi acuti,
Dei quali or vari nani inginocchiati,
Ora satiri curvi e tutti irsuti,
Sostengono tra loro avviticchiati,
Come dal peso fossero abbattuti,
I sottili pilastri, che vestiti
Son di pampini, e torti a par di viti.

Ornano le cornici e i capitelli
Meandri, arabeschi, e serie mostruosa
Di fere alate e di scolpiti augelli
Su festoni diversi in selva ombrosa;
Qui di un pesce le squame, ed ivi i velli
D'un agno imita la pietra ingegnosa;
Nè l'aquila vi manca, incoronata
Il doppio capo, che apre il rostro e guata.

Uccelli e fere sopra i cornicioni
Sembrano vivi e muoversi quai spetri,
Quando sopra di lor dei finestroni
Piove la luce per i pinti vetri,
Luce, che quivi franta in più ragioni,
Forma mille color, ma tutti tetri,
Che rigando quell'aria chiusa e scura,
Fan diletto e stupor misto a paura.

All'entrar delle donne, rampicando
Per la muscosa cupola s'invola

Dalle bassi cornici singhiozzando
L'upupa immonda, e poi nell'alto vola:
Al frullo Eugenia leva il capo, e quando
Sparir la vede dietro l'ampia stola
D'un simulacro appeso contro il tetto,
Sente per tema palpitare il petto;

Che pauroso alla vista e minacciante
Distaccarsi e piombar per l'aer vano,
Mostra quel simulacro soprastante
Un fiero veglio con un globo in mano:
 Ecco il padre del mondo, ecco il sembiante,
Con cui se 'l finge il corto ingegno umano,
Ecco il Signore, la Badessa esclama,
Che di lassù ci guarda, e a sé ci chiama.

Alla sua voce oh quante verginelle
Porgendo ascolto corser pronte e liete
A sacrarsi di lui fedeli ancelle
Di questo monaster nella quïete!
Ve' come ne serbò l'immagin belle
Dotto pennello quì sulla parete!
Vien, vieni, e mira questa avventurosa,
Che nel ricco splendor ride di sposa.

Immota a piè dell'ara, e genuflessa
D'ambe le braccia si fa croce al petto
Che pei varii pensieri ond'ella è oppressa,
Trema qual picciol rivo in picciol letto.
Le sta ritta alle spalle la Badessa,
E 'l volume del crin le tiene stretto,
Del crine che a traverso delle dita
Scappa in pioggia di ciocche, e l'aura invita,

Vedi come la madre arde di zelo,
(Fortunata! imitarla ah potessi io)
E alla grand'opra invoca auspice il cielo
Con occhio, ove si specchia il cielo e Dio.
Miracolo gentil! tosto che il velo
Delle chiome reciso al suol ne gìo,
S'apre il ciel, n'esce un lume, ed improvviso
Quella fanciulla va a ferir nel viso.

E dietro al lume basso si devolve
Gruppo di nubi, e lentamente l'are,
In color mille aprendosi, ravvolve,
Che non si vider mai cose più care:
Un angel quì le tenere ali svolve,
E la testina ricciutella appare;
Là un secondo, là un terzo a que' vicino

Dietro le nubi, che fan capolino.

Altri stanno più giuso, e questi effonde
Dai turiboli d'oro olenti fiocchi
D'incenso, il cui vapore lo nasconde,
Mentre la verginella china gli occhi;
Quegli per côr le tronche trecce bionde
Di lei, si piega sì che il sen le tocchi
Con quella zona di colore bianco,
Onde intorno guernito ha l'agil fianco

Oh belli! Oh cari! Oh che gentil fierezza,
Eugenia le risponde, hanno nel viso!
Tagliami, o madre, il crine; ho anche io vaghezza
Di goder tanta festa e tanto riso;
Ad un patto però, che lor bellezza
Non sia mentita, né dipinto e inciso
Questo e quel volto, che tu mi descrivi;
Gli angioli io voglio, ma li voglio vivi.

E a lei la madre: Pria che Dio ci elegga
Ad indossar di monacella il manto,
È d'uopo che nel duol l'alma si segga,
E si sollevi a lui molle di pianto;
È d'uopo, o figlia, che di lui sol chiegga,
Qual sitibonda cerva in ogni canto
Per monti e valli cerca la fontana,
Che le ferite sue rasciuga e sana.

Ne vuoi un esempio? Questa Vergin mira,
Che, vêr le membra sue dolce nemica,
Presso la croce nuda si martira
Tra pruno irsuto, e disdegnosa ortica;
Mandan sangue le membra, e non sospira,
Ma par che lieta ed umilmente dica:
«O mio buon Dio, deh! cresci il mio tormento;
Esso è poco, o mio Dio, quel che ora sento.»

O fortunata! come si spalanca
A ció l'eliso, e per corrente zona
Di bianca luce, la colomba bianca,
Ch'è della Trinità terza persona,
Nuota fermando la rosata zanca
Sulla croce, recando aurea corona
A lei, che umìle in tanto inopinata
Gloria agli occhi non crede, e guata e guata

 Ma questo io non farei, madre, ned io,
Ripiglia Eugenia a dir, chiaro discerno,
Come possa piacere al sommo Dio

Che io faccia del mio corpo aspro governo.
Il fior che io posi e che per me si aprio,
Se me lo strugge, ed appassisce il verno,
Ne gemo, ed Ei potrà goder che io sia
Contro me stesso dispiatata e ria?

E la Badessa a lei: Dio benedetto
Volle soffrir, ricuseremo nui?
Ah! non sempre un benefico Angioletto
Ispira i miei pensieri, ispira i tui;
Ma l'angel nero, l'angel maledetto
Si studia di tirarne ai regni bui,
Mostro, cui di domare han soli il vanto
Il cilizio, il digiun, la prece, e 'l pianto.

Vedilo! come notte oscura ei sorge
A tergo della vergine, e sogghigna;
Ma dei suoi scorni tostochè si accorge
I lerci denti per doler digrigna.
Un secondo demonio ecco che sporge
Con pupilla di vipera maligna
Dalle spalle del primo e lento lento
Su tra le corna gli sospinge il mento.

Poi vedi colassú quella gran gente?
Uomini e donne son con facce meste,
Dipinte attorno lá di quel sedente,
Che fuoco ha in viso, e fuoco nella veste.
Esso è l'Eterno in tribunal: presente
Gli sta, ministro del furor celeste,
Michel, che regge in vista ancora altera
Per le prische vittorie una stadera.

Ivi l'anime libra, e quinci mette
Di nostra vita l'opere passate,
Quindi di Dio le tacite vendette
La matura giustizia e la pietate;
Il Demonio sta sotto e 'l punto aspette;
D'ingannar le bilance equilibrate,
Ma cauto, chè del ferro ancora tinto,
Nel suo sangue quell'angelo sta cinto.

A quella vista impallidîr le rose
In viso alla fanciulla, e gli occhi chiuse;
Poi dopo un tratto aperseli e rispose:
Qual terror quell'aspetto in me diffuse!
Pur le mie voglie a te non tengo ascose,
E se di udirmi avvien che non ricuse,
Dirò....ma temo E che? parla, suvvia,
L'altra le rispondea, figliuola mia!

Ti diró dunque, Eugenia soggiungea,
Di vedere il Demonio ho un gran desio,
Perchè, madre, perchè tengo l'idea
Di farlo buono, e convertirlo a Dio,
E dirgli: Donde avvien che hai così rea
Volontà contro noi, Demonio mio?
Perché a nuocerci intento ognor ti mostri
E giú a tirarne nei tuoi neri chiostri?

Un impossibil pensi; i propri affanni
Lo rendono crudel, l'altra risponde
E quella: Ei dunque soffre? e da quanti anni?
Quante stelle hanno i cieli, e i boschi fronde
Madre, Eugenia esclamò, se non m'inganni,
Se questo è vero, egli pietà m'infonde:
Dunque sì a lungo nel suo miser stato
Durò, nè ancora Dio gli ha perdonato?

Io gli avrei perdonato, io gli avrei detto:
Ti voglio render buono; ecco sii buono.
Folle! l'altra ripiglia, il maledetto
Perché non volle, non ottien perdono;
E non lo vuol, perchè nel fiero petto
Pentimento non gli entra, e contro il trono
D'Iddio bestemmia. Ma non più di questo;
A subbietto passiam meno funesto.

Vedi quella fanciulla? a te somiglia,
La benedetta, al piccolino mento,
Alla bocca, alla gota, ove vermiglia
Lussureggia la rosa, al portamento.
Ella è colei, che or or con maraviglia
Vedesti a sostener duro tormento
Tra le spine, e l'ortiche, e che or beata
È nei divini talami chiamata.

Su quel monte di nuvole nevose,
Onde la luna pallida traspare,
Ecco Maria tra i gigli e tra le rose
Delle sue mamme il pargolo allattare;
Mira la Vergin poi con timorose
Sembianze leggerissima montare
Da nube a nube, e di Maria sul seno
Il viso riposar dolce e sereno.

Fortunata! Non vedi il bambinello,
Che, volta a lei la tenera manina
Tuttora impressa dal furor ribello
Del dissipato Ebreo, ver lei si china,

E mentre della sua le fa suggello
Sulla bocca, che al bacio si arrubina,
Ella al piacer, che sente si trasforma,
Chiude gli occhi soavi, e par che dorma.

Or mira quel drappello verginale
Dell'iride ravvolto nel zaffiro,
Che, mentre al ciel per rotte nubi sale,
Si volge e manda un memore sospiro
Al mare, ai monti, ed al terren natale,
Di cui sempre si fa più breve il giro:
Volano, e all'ombra loro in giù cadente
Latra il cane fedel dogliosamente.

Dalla punta di nuvola rosata
Sfolgorante in sua possa il sol si affaccia,
E mentre le volanti, e la vietata
Ad umano ardimento eterna traccia
Mira stupito, vé che l'allungata
Manina una fanciulla al crin gli caccia,
E sorridente, amabile, e sicura
Di rai tremanti un fasciolin gli fura.

Così voi pure, (e stando appo una croce
Fitta sopra una grande sepoltura,
La Badessa seguìa con flebil voce,
E profetica aveva la figura),
Così voi pure con ala veloce
Da questa, che vi serra, umida, oscura
Tomba uscirete, salendo alle stelle,
O mie amiche, o mie figlie, o mie sorelle

E, voltasi ad Eugenia: In questa fossa,
Fanciulla cara, soggiungeva, anch'io
Verrò a lasciare le mie pover'ossa,
Ned allora di me ti prenda oblio;
Ma a quando a quando da pietà commossa
Imitare potrai l'esempio mio
E dicendo così l'augusta donna
Avvicinossi ad un'alta colonna.

Era quella di marmo, e in marmo espresso
Cerbio ne uscia, che un'urna ove, intagliata
La mortella intrecciavasi al cipresso,
Reggea sopra la testa inarborata:
Colei la mano, quando le fu presso,
V'intinge e la lustrale acqua versata
Sulla funebre pietra, entrambe piega
Giù le ginocchia, asconde il volto e prega.

Poi dopo un tratto alzossi e, carezzando
La fanciulla, le chiede: Hai tutto visto?
Adunque da virtú a virtù montando
Pensa che esser dovrai sposa di Cristo:
Ora ritorna alla tua cella. E quando
Colei si fu partita, in viso un misto
Le apparve di letizia, e di dolore,
E gli occhi ergendo al ciel, gridò: Signore,

Signore, un giuro io per costei già feci,
Che piú fassi ogni giorno arduo adempire,
Io la consegno a te, fa tu mie veci,
O falla cosí tenera morire;
Pria che di sè la colpa e il cor le impeci,
Pria che un pensier la macchi, muoia o spire
E quì tacendo, ed abbassando il guardo,
Nell'orto s'introdusse a passo tardo.

Canto 4.

Intanto all'ombra di castagno antico,
Piantato del ruscello in sulla sponda,
Stava Teresa, ed un fringuello amico
Contemplava di là tra fronda e fronda.
Non l'alletta il mattin, non l'orto aprico,
Né il canto dell'uccello, o il suon dell'onda;
Chiusa in un bianco velo, ella é seduta,
Inoperosa no, ma mesta e muta:

E mentre con le dita agili intesse
Gentil opra, onde calzi il breve piede,
Solleva a quando a quando le dimesse
Ciglia al castagno sotto cui si siede,
Vede le cime di aurei ricci oppresse;
Vede qual riccio mai fendesi e cede,
Rotto dal frutto che di uscir si sforza
Dalla gelosa sua materna scorza.

Ed i frutti caduti abbica e coglie,
Quando con più vigor l'aura spirante,
Soffiando dentro le frementi foglie,
Giù li rovescia in pioggia risonante.
Quì vista la Badessa, Ella si toglie
Da seder rispettosa in un istante;
Inchinarsi vorria, ma l'altra nega
E a risedersi accanto a sé la prega.

E le mani pigliandole esordio
A dir con voce di pietà e d'amore:
 Odi, o Teresa, losco è il guardo mio,
Losco per gli anni, e non ha più vigore;
Pur nel cor ti penètra! Ah! tutto pio
Non é il pensier, che ti abita nel core.
Sei troppo solitaria e mesta assai,
Pallida, e spesso in pianto ti trovai.

E Teresa risponde: O madre, è vero;
Ma solitaria io sono per natura.
Albero poi, che dal tronco primiero
Presso ad un altro perde la verdura;
E poi dei propri falli a chi il pensiero
Le lacrime non spreme, e il riso fura?
Ma l'altra, il capo crollando, le prese
Dentro le sue la mano, e a dir riprese:

Vedi questo castagno? All'ombra ei stava
Di castagni più grandi ora caduti;

Tenero si, che ogni aura ne crollava
I tenui rami, e i pochi cardi irsuti,
Quando io di gioventù tutta brillava,
E mi chiudeva in questi luoghi muti.
Ora entrambi siam vecchi, e siam gravati,
Egli di ricci e fronde, io di peccati.

Quante volte, o Teresa, mi vedesti,
Sedendo io qui, mentre scotealo il vento
Trasalire e chinar giù gli occhi mesti
Delle sue fronde al minimo lamento,
E tu nulla, o figliuola, ne intendesti:
Ma egli vide, egli sa tutto il tormento
Della mia giovinezza, onde io temea
Che ogni sua voce mi gridasse rea.

Vano timore; ma verrà pur die,
Che, impetrata favella, in altro suono
Tutte rivelerà le mie follie
Al tempo estremo innanzi al divin trono;
E voglia Dio, che per le sole mie
Colpe io gli debba allor chieder perdono;
Ma ahi! che conto mi sia, se dimandato
Del tesor di tua alma a me fidato.

Ben io so, figlia, quanto pesi in petto
Cuor, che palpiti sol col suo pensiero;
Aprilo dunque a me, parla, e sia schietto
L'animo e il labbro! Onde è l'umor tuo nero?
Pietosa eco risponde al ruscelletto,
Che geme tra alti massi prigioniero;
Masso è pure il cor, se ben lo miri,
Ma vi trovano un'eco i tuoi sospiri

Tacque; e Teresa, che le porge ascolto
Tutta quanta tremante ed arrossita,
Le mani a sè ritrasse, che raccolto
Le avea dentro le sue quella romita;
E tra di esse nascondendo il volto:
  O madre, esclama, a che narrar mia vita?
Forse il consiglio tuo, forse una stilla
Di tua pietade mi faran tranquilla?

Stetti sovente per aprirti il core
Quando tutto scoppiare io mel sentia,
Sebbene in conversar col mio dolore
Fosse riposta ogni delizia mia;
Ma quì dove aura di celeste amore
Queste piante consacra e questa via,
Amor di pure verginelle, io rea

I miei deliri raccontar potea?

É la decima chioma, onde si veste
Questo castagno da quel dì fatale,
Che io recisi le mie dando alle feste
E ai piaceri del mondo un tristo vale.
Eppur la pace, che io speravo in queste
Sedi, ancor non ritrovo, e 'l duro strale
Di amor, che qui portai nel fianco afflitto
Vi dura ancora, e ancor vi sta confitto.

Vedi questo ruscel? Deh! come l'onde
Ne sono terse e come in vario errore
L'ombra degli arboscei vi si confonde
All'immago di questo e quel fiore!
Ebbene, o madre mia, così gioconde
A ventun anno mi correvan l'ore,
E il dolce mormorar di quieto rio
Io lo sentia qui in petto entro il cor mio.

Io camminava leggera, leggera
In un'onda di luce, e di concento;
Quando, o me lassa! un giovin vidi che era
Simile nell'ardito portamento
Al mandorlo, che chiama Primavera
Con gli splendidi sui fiori d'argento,
Qual'uva acerba e bianca che s'imbruna,
Gentilmente gli ardea la gota bruna.

Esciva da collegio e bello il fea
Fama d'ingegno, e un pronto in lui diffuso
Verginale rossor, con cui parea
Di sua novella libertà confuso.
E poi che nostre case congiungea
Di atti cortesi e di amistà lung'uso
Ei fu da noi, né scorderó quel die,
Prima sorgente delle pene mie!

Giaceva inferma la mia madre a letto,
Ed appo il letto in questa parte e in quella
Sedevamo piú donne, a vario oggetto
Dispensando il lavoro e la favella,
Quando egli apparve, ma non già soletto
Ch'una menó con sè minor sorella,
Che essendo arguta, semplice e pudica
Una suora in me avea più che un'amica.

Misero questa a fianco ed io con lei
Mintrattenevo assai piacevolmente
Senza che al riso altrui, senza che ai bei

Lieti motti di lui ponessi mente.
Pure, benché bassassi gli occhi miei,
Venir sentiami i suoi su dolcemente.
Sollevandoli alfine, i suoi scontrai,
Ambi arrossimmo, nè piú li chinai.

«Giovin! (la madre mia diceva ad esso,)
Sempre amistà le nostre case ha unito;
Quanto amor con tua madre! Al tempo stesso
Giurato ci avevam di tor marito;
Ma a toglierlo io fui prima ed ella appresso:
Giá da poco il terz'anno avea fornito
Teresa, quando il tuo natale avvenne;
E se in fallo non do, sei diciottenne».

Egli affermava. Ed ella: «Io mi rammento,
Quando la madre tua tenero infante
Qui ti portava, che eri assai violento,
E incapace a star fermo un solo istante.
Di mia figliuola balbettavi a stento
Il nome, e non di meno eri incessante
A molestarla, e per tenerti in freno
Concederti dovea tre baci almeno ».

Tremo in mezzo a quel crocchio; il viso abbasso,
E il varco per uscir cerco piú corto;
Ne riser tutti, ed ahi! confuso il passo
Per quel riso e parlar timido io porto;
Ma accosto a lui, senza volerlo, io passo;
Con le vesti lo tocco, onde egli accorto
Ver me piegossi piano piano a dire:
«Oh! fanciullo un sol giorno e poi morire! »

Da questi accenti a sdegno io fui commossa:
Disprezzarlo, odïarlo io mi credea,
E giunta a stanza, a mio dispetto rossa
Nello specchio la faccia io mi vedea;
Ma dolce l'ira, dolce l'odio, e scossa,
Ricompariami ognor di lui l'idea,
E mal mio grado mi trovai roventi
Sul labro inconscio quegli stessi accenti.

Il giorno dopo, mentre in chiesa io mi era
A udir la messa, alzando a caso il viso,
Che io della sedia dietro alla spalliera
Celavo, tra la folla ecco il ravviso.
Oh! quale della sua pupilla nera
Lampo su me cadeva all'improvviso!
Ad ogni sguardo, con cui mi feria,
Parea dicesse: Tu devi esser mia.

Non mi perdonerà, no madre, mai
Dio quella messa! alle devote carte
Ben io figgea, per non vederlo, i rai,
Ben tentava il pensier porne da parte;
Ma ritto tra me e Dio sempre il mirai.
Sul libro, sugli altari, in ogni parte,
Posavo il labbro tuttavia; ma il core,
Il core era con lui, non col Signore!

Di più il restarmi a chiesa impaziente
N'esco giurando di non più mirarlo.
Inutil giuro! vidi incontanente,
Sola che fui, di non poter serbarlo.
Come chi accieca in sul principio sente
La luce a poco a poco abbandonarlo
E sé restare alfin solo e smarrito
In deserto di tenebre infinito,

Tal io m'intesi, come ratto priva
D'un oggetto, d'un ben che anco ignorava:
Torno alle prime cure, onde gioiva,
Cercando in esse ciò che mi mancava...
Non altrimenti, o madre io mi sentiva
Stanco il corpo cosi, la mente ignava,
Finchè intesi il bisogno, e a che negarlo?
Di vederlo per sempre e sempre amarlo.

Fatto un tale pensiero, un dì soletta
Alla sua casa mi condussi al fine:
A fare di ricamo opra perfetta
Stavan le sue sorelle intente e chine.
Erano quattro, e tutte attorno in fretta
Mi fur con baci e amplessi senza fine,
Con liete grida e tenere parole
Come tra le fanciulle usar si suole.

E già perché io lì fossi, obbliavo affatto
Tra quell'allegro verginal drappello,
Allorchè la mia amica uscendo a un tratto
Tornò seco menando il suo fratello.
O ingenua! tu stimavi il mio cor fatto
Come il casto tuo cor che tiene quello
Che Dio ripone tra germani e suore!
Possibil non credevi un altro amore

Entrò ridendo: aveva il crin negletto
Che per gli omeri a lui si ribocava;
Serico velo di color violetto
La nuda e tonda gola gli annodava;

Ad ora ad or per poco il largo petto
Sotto camicia bianca si mostrava:
Libero nel domestico vestire
Mel vidi più che pria bello apparire.

O madre, a quell'incontro ambi stupire,
Ambi alzare, e chinar gli occhi improvviso,
Ambi voler parlare, e non ardire.
Ed in molle color cangiare il viso:
Ci vider le sorelle in quel martire,
E ignorando di amor sciolsero il riso,
Finché a frenarlo alzossi una di loro:
Facciam, dicendo, a guancialino di oro

E appressandosi a me piacevolmente,
Soggiungeva, pigliandomi le braccia:
«Che ti avvenne, o Teresa? or di repente
Sei fatta mesta? or via leva la faccia.
Tu certo ignori come lietamente
Scherzar sappia il fratello, ove gli piaccia.
Ei ti ama quanto me, Teresa mia
Ieri ei stesso il diceva, ed io l'udia ».

Poi ripiglió dopo un sorrider schietto;
«Or mi ascolta, fratel, ché tu dovrai
Tener, quivi seduto, il guancialetto;
Esser mastro nel giuoco, e tu lo sai;
Ma, venendo o Teresa, abbi intelletto,
Coprile bene, che non veggia, i rai
Se dopo il gioco non sarete voi
Amici, affè! l'avrete a far con noi.

Tu l'immagina, o Madre, allor qual core
Battesse in me! pensai che ogni rifiuto
Svelar poteva il mio segreto umore,
E insospettir le suore avria potuto;
Pensai che in quel trastullo il nostro ardore
Saria forse amistade addivenuto,
E che sovente chi il periglio sprezza,
Suole in esso trovar la sua salvezza.

Accetto dunque il gioco, ed or men resta
Una indistinta dolce rimembranza;
Ma quando odo chiamarmi, a lui la testa
Posar dovetti in sen, come é l'usanza,
Un'aura ardente ivi spirai, che presta
Scorrea con indicibil dilettanza;
Io genuflessa in grembo gli posai
In atto di chi adora, e l'adorai.

Lassa! io sentia delle sue man che agli occhi
Intrecciate mi fean soave freno,
Arder le vene e con frequenti scocchi
Riversar nelle mie fuoco e veleno,
E il tremito egli udia dei miei ginocchi
E il faticoso anelito del seno,
Mentre io rapita in estasi una fronda
Era, che corre alla balia di un'onda.

E fu che quell'ingenua a un tratto uscendo,
Tornó recando un mazzolin di viole,
E questo alzando in alto, ed offerendo
Di tutte agli occhi: Orsú, dicea, chi vuole?
Stende ognuna la destra Io, rispondendo:
Quella finge donarlo e poi disvuole.
«Dite ad un tempo (e a un tempo noi): Voglio io;
Ma ella si ride del comun desio

Di poi soggiunse: orsú, facciam il conto
E a cui fa tocco accordasi potere
Senza che se la rechi altri ad affronto,
Dare un bacio e il mazzetto a suo piacere.
Ahimè! le dita rizzan tutte, e conto
Quando fu ciascun dito, ecco accadere,
Dolce fortuna per me insieme e rìa,
Venne su lui la sorte, o madre mia.

Venne, o Madre, su lui la fatal sorte,
Che immantinente il veggio impallidire
Pingersi il viso di color di morte,
Poi le sue labbra alle mie labbra unire,
Ed abracciarmi, e baciarmi sì forte
Che di dolcezza m'intesi morire.
Parve la terra sotto i piè fuggirmi
Ed io in un altro mondo rinvenirmi.

Come allorché di autunno il ciel sereno
Si apre improvviso, dietro sè lasciando
Succedente fragor, rompe il baleno,
Viene il respiro all'arator mancando;
L'alito a me così fuggì dal seno,
Così feci io, caddi per terra quando
Il suo bacio toccai, che a me, rapita
Per poco, ridonò miglior la vita.

Al tornar della mente attorno giro
L'occhio languente ancora, e ancor smarrito
Nè in quella stanza, e presso me più miro
Lui, che datomi il bacio, erane uscito
Mi stavan solo le sorelle in giro,

Che al mio tenendo il loro volto unito,
(Anime belle, ancora io non vi oblio!)
Ridean non comprendendo il caso mio.

Ma quando mi accomiato, e già mi avvio
Incontro ei mi cercò, col teso braccio
Traversandomi l'uscio, e mentre che io
Palpito e sotto quello oltre mi caccio
Ei lieve lieve sopra il collo mio
Lasciò caderlo, e men fe' dolce laccio,
E questo il caro fu termin del gioco
Che l'esca accrebbe all'esca, e il foco al foco.

Tornata a sera di quel dì fatale,
Voler poteva io cibo, o compagnia?
Ah no! che io mi sentia fatta immortale
E chiusa mi era nella stanza mia.
E già taceano le paterne sale
E tutta la famiglia giá dormia,
Che io sol scarsa di sonno ardente e stanca
Su vigil letto rimutava il fianco.

Mi sentiva ricolma l'esistenza,
Il core in petto mi sentia cresciuto
Qual cresce questo rio quando veemenza
Di pioggia gli conduce ampio tributo.
Parea ogni oggetto avere intelligenza
A me d'intorno, e mandarmi un saluto;
Pareva che addormitami giá infante
Io giovin mi destassi in quell'istante.

Salto dal letto in vesta trasparente;
Passeggio alquanto per la stanza oscura;
Ma tosto di quel buio impaziente,
Apro i balconi, e giusta sua figura
La Luna vi riversa immantinente
Un lungo fascio di sua luce pura.
In mezzo a quella luce allor mi assido;
E riguardo la Luna, e a lei sorrido.

Poi di quel giorno, giù chinando il mento,
Ripenso ai casi, ed a me stessa chieggio:
Che sarà del mio amore? e mentre in cento
Teme e speranze, e nuovi dubbi ondeggio:
Odo di una canzona il dolce accento;
Mi affaccio, o Madre, dal balcone, e veggio
Lui, che laggiù della chitarra al suono
Suo amor svelava, e mi chiedea perdono.

Volea ritrarmi, ma colá confitta

Da forza irresistibile d'incanto;
Che benchè poi si tacque, immota dritta,
Le braccia al sen conserte, odo quel canto.
Da ogni pensier di terra derelitta
L'anima in lui mi si obbliava intanto,
E allora fu, che nol credea presente,
Che ei si apprese al balcone audacemente.

Ché quel balcone sul giardin mettea,
La cui siepe nutria sambuco annoso,
Ritto così che fino a me giungea
Coi lunghi rami e il tronco vigoroso.
Or ei per questo, e creder chi il potea?
Montar fino al balcone era stato oso;
E senza averlo visto io già rientrava,
Quando una voce udii, che mi chiamava.

Era la voce sua voce diletta!
Sommessamente a me venia, siccome
Il sospirar della notturna auretta,
Che notturna alitava entro mie chiome;
Volsimi tutta trepidante in fretta,
Che si dolce mi udia chiamar per nome,
E le mani gli porsi, onde ei sorpreso
Restò nell'aria al collo mio sospeso.

O Madre, o Madre mia, vuoi tu che il dica?
Notte il nostro crescea col suo mistero;
Soli, improvvisi con la luce amica,
Abitar credevamo altro emisfero.
Or tanto il sovvenir me ne affatica,
Che io stessa mi domando: É forse vero?
É un piacer che mi uccide, e spesso agogno
Che fosse stato non realtà, ma sogno.

Parlammo noi? dir non lo so; tementi
Di esser sorpresi, muovevamo appena
Le labbra, e rari e rotti eran gli accenti,
La bocca vuota e l'anima ripiena;
Ma parlavano invece i guardi ardenti,
Le man congiunte con forte catena,
E le sovresse involontarie stille,
Che ad entrambi cadean dalle pupille.

E Dio parea che ci benedicesse,
E la luna cortese scomparia
Dentro una nube come se volesse
Celare la pudica gioia mia;
Mentre io farmi di amor mille promesse,
E mille giuri ad esclamar l'udia:

«Deh! vedi quella Luna e quelle stelle
Il nostro amore durerá quanto elle! »

Giuri fallaci! Quattro volte il viso
Avea la Luna sopra i nostri amori
Mutato e sparso il suo benevol riso
Su di me, che giacevo in grembo ai fiori,
Quando ecco, i fior seccaro, e dall'Eliso,
Dove io dormivo, mi trovai di fuori,
Chè i notturni colloqui, e i nostri voti,
A lungo andare non restar più ignoti.

Dolorose memorie! in mia famiglia
Tutta ad un tratto io diventai straniera,
Mutamente su me loquaci ciglia
Rivolgon tutti, han tutti ombrosa cera.
Sento che alle mie spalle si bisbiglia;
Veggio dei servi avversa anche la schiera;
E che tace ogni dir, cessa ogni riso,
Come mostrare mi si vede il viso.

Mia madre sopratutto arde d'intenso
Odio, chè a dar la dote ella é ritrosa,
Di un suo unico figlio il ricco censo
Temendo che scemasse, andando io sposa,
Tanto (e ne fremo ancor quando vi penso)
Che tra i panni veggendomi una rosa,
Me la spicca con mano furibonda,
Così gridando mentre me la sfronda:

«Siccome questo fior la tua pazzia
Sarà distrutta, come questo fiore
Si sfronderá tua stolta fantasia,
E della rosa avrai solo il rossore.
Tu sposa? Or si, vedrem, se avrò balia,
Di strapparti dal sen cotesto amore;
E non sai tu dover esser di quella,
Che a tuo fratel fia donna, umile ancella?».

O amore! o amore! invan su la mia bocca
Il tuo foco ponevi, e la tua voce;
Ella diventa piú, quando é più tocca
Da mie giuste ragioni, empia e feroce,
Che saltandomi sopra, a ciocca a ciocca
Mi lacera i capei, mentre che a croce,
Legando umilemente ambo le braccia,
Senza schermo al suo sdegno, offro la faccia.

Non piansi no; raddoppio nel lavoro...
Stolta! credea così farne vendetta,

E respinsi ogni cibo, ogni ristoro;
Né misi il piede oltre la mia stanzetta.
Ma come dir qual fosse il mio martoro,
Quando, scorsi tre dì, tuttor negletta,
Mi vidi abbandonata, e che nessuno
Al mio lavor pon mente; e al mio digiuno.

Come dir che sentissi quando chiusa
Tutta la sera senza il lume usato!
Stando nel letto da languor diffusa,
Con la mente e col corpo abbandonato!
Udiva in altre stanze la confusa
Famigliar gioia, come se il mio stato
Nessun toccasse... Ahi quell'ingiusto obblio
Col suo peso avvilì l'animo mio!

E del materno amore il disinganno
Discredente mi fece a ogni altro amore.
Ogni amor di quaggiú mi parve inganno,
Ogni allegrezza di quaggiù, dolore.
Le cagioni obliai di ogni mio affanno;
Piccolo e freddo mi si fece il core.
Come demente sopra i pié mi adersi
Ed il balcone, ahi! non più caro, apersi

All'alma mia simìle il firmamento
Era coverto allor da nubi nere,
Né le frangea, né su per esse il vento
Spingea la luna per l'aperte sfere.
Lontan, ma assai lontan, l'orbe di argento
Solo di quelle si potea vedere,
Onde il debole raggio, che s'implica
Tra le nubi, togliean gli occhi a fatica.

E al pari di quell'astro scolorita
L'immagine di lui mi stava avante;
Io la vedevo or farsi alla mia vita,
Io la vedevo ora da me distante;
Col pensiero afferrarla, ed a me unita
Tenerla invan cercava ad ogni istante,
E riaccendere in me l'estinte faci,
Rammentando di lui gli accenti e i baci,

E dell'inutil prova io mi sdegnava,
Io, che giurato avea strapparmi il core,
E che allora per lui non palpitava;
Che mi batteva e privo era di amore.
Il corpo per inedia, e l'alma ignava
Era per disperanza e per dolore;
Mille arditi disegni ordisce, e stracca

Inconsapevolmente si distacca.

E così senza amor, senza coraggio
Immobile io tenea la mia persona,
Quando dal campanil, come un messaggio
Dell'altra vita, l'oriuolo suona:
Che cosa, io dissi, è questa vita? un viaggio,
Cui la morte e il peccato incalza e sprona;
Or cinque ore fuggirmi oltre le spalle!
Più breve è fatto di mia vita il calle.

Un'aura in questo seguita repente;
Del mio pover sambuco urta la vetta,
Urta le nubi, e in stille rare e lente,
Sull'arido terren l'acqua ne getta.
Pure non rientro, che sul corpo ardente
Di ricever la pioggia a me diletta,
E di quel caldo ed umido vapore,
Che si eleva dal sen, fiutar l'odore

Chiusi alfine il balcone, e invan posando,
Sopra il balcone, insonne, io l'acqua udia,
La qual piú forte sul tetto crosciando
Tutta m'empiva di malinconia.
I miei belli e primi anni rimembrando,
Una brama di morte io mi sentia,
Un forte tedio di me stessa, ed una
Ira pel mondo, e per la mia fortuna.

Or quale mi venisse allora in mente
Subitano pensiero, o Madre, ascolta,
Io avea una chioma d'ebano lucente,
che al ginocchio mi gìa quando era sciolta
E allor la sciolsi, e quando fortemente
Tutta dentro la man l'ebbi raccolta:
Chioma, sclamai, non dono no, non pegno
Dell'amore di Dio; ma del suo sdegno;

Simbol di servitù, non già corona
Di cui alla donna sia la fronte cinta,
Bensì catena, onde nostra persona,
Come di schiava, é fortemente avvinta;
Pure mio orgoglio nella sorte buona,
O della madre mia gioia non finta.
O chioma, invidia delle mie compagne,
Io ti depongo ed il mio cor sen lagne.

Così dicendo, la recido, e torno
Al mio povero letto, e mi addormento.
Dormii tutta la notte, e, fatto giorno,

Che da me entrava la mia madre io sento.
Mi vede il capo nudo, e mentre intorno
Rivolge gli occhi, agli occhi le presento
Un crocefisso, a cui le vilipese
Recise chiome avea la sera appese.

Stupor da prima le si pinse in viso;
Ma d'un istante: l'erompente sdegno
Ella mal frena col violento riso,
Onde abbellir solea l'acerbo ingegno:
«Madre, le dico, ebben! tu mi hai diviso
Da un uom, ma da quell'uom là di quel legno
L'ardisci? No: tu non frangerai
Quel giuro, che di sposa a lui donai!».

Assalti di carezze simulate
Preghi e minacce saldo il cor sostenne.
Resa forte mi aveano amor, pietate,
Speme tradita, e il giuro mio solenne.
Egli lo seppe e in tutte le serate
Pietosamente a lamentar sen venne
Con la chitarra sotto i miei balconi
Stancando il ciel di lugubri canzoni.

Fu subito improvviso il mio partire,
Ed i lari paterni, e tante care
Memorie ivi cresciute in sul fiorire
Della mia giovinezza ebbi a lasciare!
Una parte di cor sentia fuggire,
Come da me via via si allontanare
Vedea tra i boschi il mio nido natale
Dove vestii, ma non mutai già l'ale.

Ei mi ricorderà, dirà sovente:
 Era pur buona quella giovinetta!
A lei congiunto, dentro una corrente
D'una nuotato avrei gioia perfetta,
E a non tradirmi, ore noiose, e lente
Or trae, di un chiostro dentro, vita stretta
E sì dicendo, righeragli intanto
Il freddo volto inconsolabil pianto.

Egli era, o madre, un tal pensier pietoso,
Che di vigor mi armava oltre l'umano,
Quando al mondo volgendo un disdegnoso
Sguardo, nemica al crine ergea la mano,
E, madre, in tal pensier finor riposo
Cerca l'animo stanco, e non invano,
Che se io soffro, ei pur soffre, e il destin rio
Di lui innocente fa scordare il mio

Qui si tacea la misera Teresa;
E poichè l'altra dal canuto ciglio
Si ebbe tersa una lagrima sospesa,
Sclama: Adoriam di Dio l'alto consiglio!
O Figlioletta mia, nel cor mi è scesa
Grata la storia di ogni tuo periglio;
Ma di periglio amabil sì ch'ha vanto
Trarmi dagli occhi di letizia pianto

Felice! che sí a tempo ti svegliasti,
Dalla rete sciogliendoti di amore;
Felice! che entro il fuoco ti scagliasti,
Né poter di bruciarti ebbe il suo ardore;
Felice! che qual rondine volasti
Sul fango, nè macchiasti il tuo candore,
Chè allor ti piovve Dio la grazia sua,
Quando sete ne avea l'anima tua.

Oh! vago è il fiore, che disfatto e molle
Per pïova notturna in lui cascata,
Si drizza al nuovo sole, e lento estolle
La chioma ricomposta ed imperlata;
Ma più vaga è quell'alma allor che bolle
Tutta di Dio, membrando ogni passata
Amorosa fortuna! Al cielo e a Lei
I patimenti sui sembran piú bei

 Ohimé! Madre, che parli? [sospirando,
Le risponde Teresa] un anno scorso
Mi era in questo convento, e io dato il bando
Credea all'amore, e ad ogni suo trascorso;
Ma con forza maggiore fulminando
Tosto tornò il crudele a tutta corsa.
L'ignoto giovinetto, onde dicevi:
«Pregane Dio, Teresa » ah! nol sapevi,

Era il garzone amato!... Oh! a che dir: «era?»
Se egli sta meco indivisibilmente,
Se egli m'insegue da mattina a sera,
Se non posso levarmelo di mente?
Cacciala pure in fondo al rio: leggiera
Torna la fronda a galla immantinente;
Così l'immagin sua sempre respinta
Torna, e la veggo in ogni oggetto pinta

Si commosse di Dio la vecchia ancella,
E afferrata da un impeto di affetto
Con entrambe le man la testa bella
Di lei, se la serrò forte sul petto,

Come volesse trapassare in quella
Il gelo, onde il suo seno era ricetto;
Poi ritrasse le mani, e lungo affisse
Gli occhi alla terra, e sospirando disse:

 Ahi! l'uom troppo è potente e 'l gran nemico
Di lui si vale quando a noi fa guerra.
Tu sola il core serberai pudico,
Tu, che sola ti credi, Eugenia, in terra.
«Son gli uomini distrutti (ognor le dico)
«Angelo é il Prete, che uman corpo serra»
Così morrà fanciulla; e non ha detto
Forse il Signor: beato al pargoletto?

E Teresa soggiunse: Io sempre ho chiesto
Di Eugenia ad ogni suora più canuta,
Chi fu la madre sua, e come in questo
Loco pervenne, e come fu cresciuta.
Pur come il chieder mio non fosse onesto,
Ciascuna o mi sorrise o stette muta.
Potrai tu dirlo? ne hai pur tocca or ora;
Ma perchè la fanciulla anco l'ignora?

 Sempre l'ignorerá, l'altra rispose,
Sempre: non vedi su quel sozzo fime
Come vennero vaghe quelle rose,
A cui l'auretta fa tremar le cime?
Così pur nacque Eugenia: Iddio la pose
Delle vaghe creature entro le prime;
Ma insanguinata e di peccata ordita
La culla fu dove spirò la vita.

Questo è un secreto del convento e un giorno
Ti sarà noto, o mia Teresa: intanto
Presso è l'ora, che innanzi mezzogiorno
Ci chiama al Coro, alla preghiera e al canto
Così dicendo in piè levossi; attorno
Alla persona si succinse il manto;
E posto fine al lor ragionamento
Tornarono ambedue dentro il convento.

Canto 5.

Venuto era il Ministro innanzi a cui
Genuflessa ogni suora umilemente
Tutti svelar doveva i falli sui
E render mondo il cor, pura la mente,
Per farsi degna di pigliar da lui
L'eucaristico pane al dì vegnente;
Ond'altro per le stanze non si udia
Che un gemer fioco, una lettura pia.

E bello era mirarle, ire e redire
Chiuse dei loro veli entro il candore
Ad una ad una, e senza nulla dire
Incontrarsi pel lungo corridore,
Di cui nel fondo i lor peccati a udire
Giudice, e insieme medico, e dottore
Quegli, poiché la grata il nascondea,
Come Nume invisibile sedea.

E tu tra l'altre, Eugenia, anche gli vai
Innanzi tutta timida e raccolta.
Ah! il pensier che diman prender dovrai
L'ostia immortale per la prima volta
Ti versa attorno una pioggia di rai,
Dall'essere mortal ti fa disciolta,
E t'inoltri pel lungo corridore,
Come colomba, che non fa rumore.

Così si accosta, e giá le batte il petto
Nella speranza, che ora inteso avria
L'innamorato suo proprio angioletto,
Od altri che di lui le parleria.
O di fanciulla vergine intelletto!
O non corrotta purità natia!
Un angelo é per lei quel sacerdote,
Che chiude in corpo uman sembianze ignote.

Pone giù le ginocchia, e: Padre, dice,
Di' prima il nome tuo; sei tu Gabriello?
E se tal sei, mostrarmiti ti lice?
E quei: No, mia figliuola, io non son quello
E l'altra: La badessa men ridice
l'alte virtudi, e sempre io lo rappello;
E a che non viene? Non sai tu qualmente
Io l'ami? ed ei me pure ama egualmente.

Mi ama egualmente, e se tu nol sai,
Dirò che dalla prossima collina

La luna colma non si leva mai,
Che io non veggia la sua faccia divina:
Perchè mi slancia sì ridenti rai?
Perchè assieme con me fugge e cammina,
E mi segue, e repente in sulla testa
Mi si arresta, se il mio passo si arresta?

Ma quegli l'interrompe, e: Il luogo chiede
Altri discorsi, le risponde, o figlia,
Chè non ravvivi in te tutta la fede
A creder la piú grande meraviglia?
Domani un Dio dalla superna sede
Scenderà con l'angelica famiglia
Per la primiera volta entro il tuo core:
Non vorrai tu aspettarlo, e fargli onore?

Ed ella: Tremar tutta, o padre mio,
Tutta la vita a tal pensier mi sento,
Il giorno di domani io lo desio,
Ma nel medesmo tempo io lo pavento.
E come entrar potrà sí grande Dio
Nel mio piccolo core? Io mi sgomento!
Ma dimmi: E quando accolto avrollo in petto.
È ver che sentiró grande diletto?

E dimmi ancora s'egli è ver che muore
Nell'atto chi il riceve e non n'è degno.
Io molto temo, e però nudo il cuore
Dentro le mani, o Padre, a pôr ti vegno.
Io sono una superba, io delle suore
Sono il tormento, e per nulla mi sdegno.
E queste colpe, o Padre, è ver che sono
Gravi ed indegne di ottener perdono?

Mi accuso pur di aver dormito in Coro
Al canto dell'Uffizio mattutino
D'aver messo in non cale il mio lavoro,
Rotta una lampa, e l'orciolin del vino;
Di aver con vanità, poi ch'esso è d'oro,
Camminando, agitato l'orecchino,
E nello specchio, ma una sola fiata,
Di essermi compiaciuta ed ammirata.

Ed or sui seggi, ed or nel letto infissa
Qualche spilla di avere anche mi accuso,
Perchè in sedervi su suor Crocifissa,
Ne fosse punta, e si levasse suso;
Di aver la veste a suor Matilde scisso,
Furato un ago, ed occultato il fuso.
E mentre suor Sofia s'iva a sedere

Tratto lo scanno, e fattala cadere.

 Ma perché, l'altro le risponde, un cuore
Così maligno, se non eri offesa?
 Padre che dici mai? quelle due suore
Avean dapprima mossa aspra contesa.
 E con chi? forse teco? Ah! no Signore;
Ma con l'amica mia... Non sai? Teresa!
Teresa è la più bella, e tu non puoi
Pensarti quanto ben ci vogliam noi.

A proposito, o Padre; or ora udrai
Le colpe più secrete anche di lei.
Odila; al suo dolor tu sol potrai
Porger conforto, perché un Angel sei.
Ricorda una canzone, e oh quanti lai
Sparge allorché la canta, e quanti omei!
Di che si duole, o Padre? io l'amo tanto,
E pur non posso ristagnarle il pianto

Come uom cresciuto in valle, dove scola
L'acqua febbrile di corrotti stagni,
Se sale ai monti, e incontra una viola
Tutta soletta all'ombra dei castagni,
Giubila a quella vista e si consola
Più che avaro per subiti guadagni,
E la contempla, e le si posa allato
Per tutto attrarne l'odoroso fiato;

Quel Ministro di Dio non altrimenti,
Animi vili nella melma fitti
Uso a veder nella città frequenti,
Viver con solo trafficar delitti,
Ed avari, oppressori, fraudolenti
Il decoro e l'onesto aver prescritti,
Tra quelle suore di trovarsi or gode,
E sente, in ascoltarle, una melode.

Crede di respirare aria più pura,
Un odore sentir, che sa di Cielo,
Quando ciascuna con gentil paura
Della casta alma sua solleva il velo;
Ma soprattutto con Eugenia ha cura
Di starsi a lungo, chè in udir l'anelo
Seno di lei, cui scuote un timor pio,
A un angel crede favellar di Dio.

Alfin la benedice ed Ella, presta,
Sfavillando dagli occhi un lume arcano,
Levasi in piedi, scuotesi la vesta,

E alla sua stanza si ritrae pian piano.
Scontra Teresa, che vien muta e mesta,
Le si appressa all'orecchio, e con la mano
Parando i detti: Oh qual, dice, terrore
Che io scordata mi sia di qualche errore!

Sorride la dolente, e genuflessa
Ai piedi dell'ignoto sacerdote,
Ripete, come fece alla badessa,
Della sua storia le pietose note.
L'ode in silenzio il confessore; ond'essa
Soggiunge: Ah! veggio ben che non riscuote,
Pietà il mio cor, che con affetto rio
Un uomo amar potea piú assai di Dio

E tace di bel nuovo, e aspetta intanto,
Ma indarno; chè colui non le risponde.
Ode ben ella un singhiozzare, un pianto
Oltre la grata, che ai suoi rai l'asconde.
Le parla alfine, e così grave e santo
Suona l'accento suo, che al cor le infonde
Un palpito, un sussulto, ed una tema,
Onde trema, nè sa perchè ella trema.

Figlia! egli dice: i casi tuoi mi fanno
Ricordare lo stolto pellegrino,
Che or segue le farfalle, or del nov'anno
Coglie i nascenti fior sul suo cammino;
Nè guarda innanzi, nè pensa all'affanno,
Che gli minaccia il turbine vicino,
Nè la notte seguace, che secreta
Cade a celargli la difficil meta.

Di tua vita non sei forse nel mezzo?
Non t'incalza alle spalle il tempo ingordo?
E perchè ancora d'un puerile vezzo
D'un passaggiero amor serbi ricordo?
Ha sue cure ogni dì; resti da sezzo
Quel tempo che il tuo core a Dio fu sordo.
Vaneggiasti fanciulla, ed ora, o figlia,
A più savi pensier l'età consiglia.

E a che membrare un già passato amore?
Sai tu se quel tuo amante ora ti obblia
In seno ad altra donna, a cui l'amore
Incorrotto serbar pare follia?
Sai tu se, sopraggiunto all'ultime ore,
Scheletro informe, e feda polve ei sia?
E si dolga di te, che con insani
Impuri voti il cener suo profani?

E sai tu finalmente se, pentito
Del menzognero amor, dal golfo immondo
Siasi ritratto a più sicuro lito
Indifferente spettator del mondo?
E se l'esempio tuo gagliardo invito
Pôrto gli avesse a trarsene dal fondo,
E or per te preghi, ed unica dolcezza
Gli sia la fede nella tua salvezza?

Fa core, o figlia, e vive grazie dona
A Dio, che dalla terra traditrice
Ti svelse, e pel mio labbro or ti perdona,
E come sposa sua ti benedice,
E con gli stessi accenti ti ragiona,
Che un dì con Maddalena peccatrice
Adoperò: «Qualunque tuo peccato
Ti si rimette, perché hai troppo amato»

Così disse il Ministro, e 'l suo solenne
Parlar stampossi di Teresa in mente,
Che rizzandosi a pena se ne venne
Alla sua cella pensierosamente.
Vi entró, ma la fanciulla non rinvenne,
E invan chiamolla replicatamente,
Ché colei del Convento era all'opposta
Parte, né le potea render risposta.

In quell'opposta parte in ampia stanza
La Madre e tre delle piú vecchie suore
Intendevano a porre in ordinanza
Della mistica mensa il vario onore;
E qual la palla insalda, rimembranza
Del sasso che coprí nostro Signore;
E quale il simulacro di quel lino,
Che ravvolse il di lui corpo divino.

Vîdero la fanciulla in sulle soglie
D'oltrepassarle incerta, e una di loro:
 Guarda, gridó, quale stamane accoglie
Eugenia nostra in sè nuovo decoro!
Non par che quinci e quindi le germoglie
Su dagli omeri bianchi un'ala di oro?
Entra, Angiol mio, perchè lo pié ritieni?
E soggiunsero l'altre: Eugenia, vieni!

E tosto Eugenia declinando gli occhi
Sen corre difilata alla Badessa,
E di quant'ansia l'alma le trabocchi
Il subito pallor ben le confessa.

Prostrasi; tra le mani ambi i ginocchi
Le stringe a lungo, e poi levando in essa
La faccia sfavillante, e tutta bella,
Dice: Madre, io vó farmi monacella

 Oh! oh!   gridano tutte; ma le mani
Ella alza al ciel, e: Deh! solo un momento,
Ripiglia a dir, mi udite; egli é domani
La prima volta che io mi sacramento.
E vi par bene ch'io con questi vani
Abiti Iddio riceva in quel momento?
Che potró far perché io gli sembri bella?
O Madre, io voglio farmi monacella

 L'età non tel consente, cara figlia,
La badessa risponde; aspetta ancora
 Io non aspetto nulla, Ella ripiglia,
Bisogna che mi diate il velo or ora.
Sono piccina, ma chi vi sconsiglia
Che io faccia i voti come vera suora?
Di farmi grande aspetterò, ma intanto
Or mi si dia di monacella il manto

Le quattro vecchie si guardaro in faccia
Intenerite, e poscia ad una voce
Dissero: O figlia, quel che vuoi, si faccia,
Ch'ei ti chiama Gesù dalla sua croce.
Oggi come avverrà che il canto taccia
Del vespro, (di aspettarlo a te non nuoce)
Sentirai sulle spalle, auspice il cielo,
Tremarti in mille pieghe il sacro velo

Una subita luce a tal parola
Della fanciulla scaturì dal viso,
Levasi in piè, nè corre, no; ma vola
Da cella a cella a darne a tutti avviso;
Ne fan feste le suore, ed esser sola
Vuol ciascuna a goderne il guardo e 'l riso;
L'una all'altra la ruba, e tutte a gara
Chi il velo, e chi 'l soggòlo a lei prepara.

Quand'alfin ne fu tempo, ecco che suona
La squilla, e di sonare allor sol cessa
Che in capo al corridore una corona
Di vecchie suore appar con la badessa;
Pronte a intonar la nuzial canzona
Stan le giovani ai lati in riga spessa,
E tra loro di Eugenia il viso splende,
Che il grande istante palpitando attende.

Nè attese a lungo, chè qual bianca agnella
Che udito della madre abbia il belato,
Le corre incontro, attorno le saltella,
E or sotto il destro, or sotto il manco lato
Le caccia il corpo inerme, e la mammella
Pigliando ne la spinge, e 'l desiato
Nettare mentre che ne spreme e sugge,
Tutta per lo piacer trema e si strugge;

La fanciulla così, com'ebbe udito
Chiamarsi a nome, alla badessa accorre,
E tosto che comincia il sacro rito
Piglian le suore un canto alterno a sciorre.
Svegliasi l'eco del loco romito
E 'l Ministro di Dio lo può raccorre
Che ivi all'abside in fondo una celletta
Per la stanza notturna eragli addetta.

Come a Novembre in un buio mattino
Di là dai nuvoloni, ond'è il ciel chiuso,
Ode subiti canti il contadino
Sonar fuggendo, e leva il capo in suso,
Nè vedendo lo stuolo pellegrino
Chiede a sè stesso attonito e confuso:
Oh! come volano alto quegli uccelli,
Chi sa dirmi ove vanno, e chi son elli?

Canto 6.

Siccome all'apparir dello sparviere
Che insidïoso in alto apre l'artiglio,
Tacciono le minori alate schiere
Isbigottite dal vicin periglio;
Ma riprendono il canto e lor maniere,
Se quei sparisce, e fan maggior bisbiglio;
Così il vergine stuolo a Dio sacrato
Parlava or risentito, or riserbato.

Ché l'ignoto Ministro, immantinente
Che Teresa gli spirti ebbe smarrito,
Nulla non parve aver più di vivente,
Qual se l'avesse un fulmine colpito.
Rimase immoto, e frettolosamente
A termine recando il sacro rito,
Uscí dal tempio, e aver sembrò paüra,
Che addosso glien crollassero le mura.

Onde su tale evento inaspettato
Or chi queste dicea, chi quelle cose,
Mentre le meno adulte a un mal frenato
Ghigno le labbra aprian maliziose,
Quando la Madre, poi che ebbe portato
Sopra le braccia tremule ed annose
La mal viva Teresa alle sue celle,
Raggiante in viso ritornò tra quelle:

In ginocchio, gridando, o mie figliuole,
O figliuole in ginocchio! ha il ciel giá udito
Le vostre supplichevoli parole
Per chi la via diritta avea smarrito.
Fra gli aspidi, e i leoni illesa suole
Spinger la verginella il passo ardito,
Ed oggi di una vergine a cagione
Domato v'apparì l'aspe e 'l leone.

Eh! vi rammenta di quel giovanetto,
Che, molto tempo or ha, venne qui in chiesa
Un non so che di Satana all'aspetto
Fosco mostrando, ed alla guancia accesa?
Sull'orto nostro, sopra il nostro tetto
Turbinosa parea nube sospesa,
Un famelico lupo, che col tristo
Occhio indagasse il casto ovil di Cristo.

«Oh! pregate pel folle» allor vi dissi,
E voi pregaste; ed ecco ora mutato

In angelo lo spirto degli abissi,
In agno il lupo, il turbo in dolce fiato,
Angelo, che i suoi sensi ha crocefissi,
Agno, che duce all'agne è addiventato,
Dolce aura, che l'odor, che altrove coglie,
Spande dell'orto nostro in sulle foglie.

Voi lo vedeste; ma riconosciuto
Chi l'ha, o mie figlie? chi nell'umiltade
Raffigurò di quel vecchio, canuto
Innanzi tempo nella verde etade,
Incurvo, e fatto per divino aiuto
Sordo all'invito di mortal beltade,
Nel Padre, con cui voi vi confessaste
Il giovine, pel quale un dì pregaste?

E seguia la Badessa, e le parole
Il vergin stuolo con stupor n'udia,
Mentre Teresa sopra il letto al sole
Gli occhi serrati non ancora riapria:
Stalle d'appresso Eugenia, e se ne dole
E ogni breve con ansia atto ne spia,
Splorandone il respiro, ed il vigore
Via via crescente del pulsar del core.

Quella alfine rinvenne, e rivedendo
La luce, e la fanciulla a sè d'accanto
Attonita restò; gli occhi volgendo
Attorno attorno poi, proruppe in pianto
E bocconi sul letto, e, nascondendo
La faccia tra le coltri, e 'l proprio manto,
Torceasi e con singhiozzi e rotti accenti
Entrambi maledíva i suoi parenti.

Ma, del suo maledir ratto pentita,
Pregava ella il Signor che non la udisse,
Querelandosi sol della sua vita,
E del destino acerbo, che l'afflisse.
 Forse il mertai? sclamava, e qui l'ordita
Tela spiegando dell'età che visse,
Aurei costumi, e mesta leggiadria
Della sua vita ad ogni fil scopria.

E confrontando tanta sua innocenza
Con la sorte crudel, che sì l'oppresse,
Pensava (e impallidia) che indifferenza
Fra male e ben, tra pene e premio stesse;
Onde accusando ognor la Provvidenza
Fuor dagli occhi mettea lacrime spesse,
Amare sì, che meno amara è l'onda,

Nel cui sen velenosa erba si asconda.

Ma tosto allor pareale di vedere
Passar volando un angelo splendente
Fra il fosco turbinio del suo pensiero,
E parlarle così, soavemente:
 Stolta! a che piangi? forse per avere
Visto il compagno di tua età fiorente?
Ah! un grandissimo onor certo ti è fatto
L'essere innanzi a lui svenuta a un tratto.

E che pensato avrà di questa tua
Fragilitade indegna, ei, nel cui core,
Per la tua vista, or il piacer si addua
Di aver tronco per Dio qualunque amore?
Ben altro ei s'attendea da questa sua
Amante antica: eroica fè, valore,
Generoso sentire, animo pio,
Che vola oltre la terra, e posa in Dio

A queste voci, come la procella,
Poichè disparve, il ciel divien più terso,
Così dopo le lacrime più bella
Le si fa l'alma, e scorda il fato avverso;
Onde ratto sciogliendosi da quella
Coperta, in cui teneva il viso immerso,
Si leva su le braccia, e la man stende
Alla fanciulla, che a baciar la prende.

Ella, finchè plorato avea Teresa,
Era, lieve incurvandosi su lei,
Stata in mesto silenzio, e tutta intesa
A interpetrarne i moti, e i tronchi omei,
Ond'ora a rivederla senz'offesa
Girar gli sguardi rugiadosi a lei,
Se ne distacca, accosto le si asside,
E si terge le lacrime, e sorride.

Ma l'altra nel fermar lo sguardo in essa,
Muta colore, e saltando dal letto
Con sollecita cura se l'appressa,
E le domanda piena di sospetto:
 Or che hai, sorella, che non sei piú dessa?
Tu tremi ahimé! tu muti ahimè l'aspetto!
Nulla a Teresa tu rispondi? O cielo!
Dove ti duole? perché sei di gelo?

 Non temer, le risponde la fanciulla,
Ho quì (e la gola si toccò) un dolore;
Ho quì una spina (e la man pose sulla

Parte del petto, dove batte il core);
L'ho tra le spalle ancor, ma non è nulla,
Passerà presto questo po' d'algore:
Ah! non starti così con tanta pieta,
Vé, Teresa, che io rido, e sono lieta

Non così madre sull'amata testa
Palpita di amatissima figliuola,
Per cui la nuzial corona è intesta,
E speranza è dei lari unica e sola;
Non così tortorella alla tempesta
Sotto dell'ali i parti implumi invola,
Come duolsi Teresa, e stassi sopra
Alla fanciulla, e attorno a lei s'adopra.

La pon sul letto, e 'l letto rincalzando,
Di soffici origlieri un'alta sponda
Leva da entrambi i lati collocando
Perchè un grato tepor se ne diffonda;
Or bianco lino entro il licor tuffando
Di olenti spirti, a lei le tempie inonda;
Ora sui piè, da stupido gel colti,
Caldi panni le stende al fuoco tolti.

Qual arboscello, per le cui radici
Abbia il rivo veleno acre condotto,
Verdi le cime ancor spiega e felici,
Benchè da piede sia risecco e cotto;
Ma tosto che le vene apportatrici
Più su si fanno dell'umor corrotto,
Cadono all'improvviso e frondi e fiori,
E 'l suol stupisce sui perduti onori;

Tal era Eugenia; ché non stette molto
E divampando in lei l'interno fuoco,
Le accelera il respir, le rende il volto
Turgido, rosso ed il parlar più fioco;
Or torbo le fa l'occhio, ora stravolto,
E sì l'affanna, che trovare un loco
Dove alquanto riposi ella procaccia,
Ma invan, gittando qui e colà le braccia.

Piange Teresa, ed al suo pianto accorre
Sbigottita la vergine famiglia:
Chi in questo, e chi in quel modo la soccorre,
Chi questa cosa, chi quella consiglia,
Vi ha chi l'impaccio delle vesti torre
Vorria all'inferma, ed a spogliar la piglia;
Ma l'ammalata a sé Teresa appella,
E tiensi stretta al sen la tonacella:

Non far che me la levino, le dice,
Me l'ho messa da ieri! e poi soggiunge:
E se muoio, non piangermi: non lice
Piangere chi con Dio si ricongiunge.
Quando sarò del ciel abitatrice,
Credi tu forse ch'io da te sia lunge?
Invisibil vedró quel che tu fai:
Giurami dunque che non piangerai

Ma Teresa piangea. Quando fu sera
Calmò la smania, ed il febbrile ardore,
Tornó all'inferma la beltà primiera,
Anzi un novello insolito splendore;
Onde con sorridente e lieta cera
Vôltasi a tutte le compagne suore,
Le pregò di star chete, e poi lo stanco
Corpo adagiò sopra il sinistro fianco.

Come innocenti candidette agnelle,
Se alcuna di esse fu dal lampo attinta,
S'accalcan tutte e l'una l'altra impelle,
E taciturne stan sopra l'estinta;
Come se da improvvise atre procelle
D'un bellissimo dì la luce é vinta,
Nubi tinte di rose e di viole
Fanno corona, pel tramonto, al sole;

Mute cosi, così pensose e meste
Dell'egra il letto cingono le suore,
Cui quella calma é nunzia di tempeste,
E del mal che temeasi un mal maggiore.
Una soltanto avvien che manifeste
Segni di gaudio nel comun dolore,
Ed è colei, la cui prudenza regge
Quel dedicato a Dio virginio gregge,

La qual, come fu notte alta e profonda,
Dando a tutte le monache commiato,
Con Teresa riman, che all'altra sponda
Sedea del letto in atto addolorato,
E nel cui cor tanta vergogna abbonda
Del mattino pel caso inopinato,
Che aggirarsi finora fu veduta
Tra le compagne sue confusa e muta.

Ond'or crescendo il turbamento in essa
Per trovarsi con lei rimasta sola,
Ne gode in suo secreto l'abbadessa,
E atto crede quel tempo a un'util scola;

Però sì accorta, e con voce sommessa:
 Come sta (le dimanda) la figliuola?
 Dorme (l'altra risponde) e quella: Oh! resti
Così per sempre e solo in ciel si desti

 O madre, esclama subito Teresa,
Che crudi voti! Ma colei ripiglia:
 Taci, sai tu quest'anima, che attesa
É lassù in cielo di chi mai sia figlia?
Sul medesimo letto, ov'ella è stesa,
Morte alla madre sua serrò le ciglia;
Ma, oh giudizio terribile di Dio!
Perchè qual muor costei la non morio?

E mentre della lampa il mobil raggio
Fa mill'ombre danzar sopra le mura,
Mentre in procinto dell'estremo viaggio
Dormia la bella vergine secura,
Mentre tacea il convento, ed il selvaggio
Urlo del vento empia la notte oscura;
Porgea Teresa con tremor l'orecchia
Al dir solenne dell'austera vecchia.

 Gabriella, ripigliò la vecchia a dire,
Avea vent'anni, e la funesta dote
Di ciò che di più bello a rinvenire
O immaginare insieme mai si puote.
Nella prossima terra, in che, a salire
Questa nostra montagna, altre percote,
E che dei Luzzi appellasi, era nata
Da casa non men ricca, che onorata.

Sola e senz'altra compagnia quassuso
Un giorno l'empio padre la traea,
Recando del prelato un foglio chiuso,
Che di tosto velarla m'imponea,
Mio malgrado obbedii perchè un abuso
Quella sùbita fretta a me parea;
Ma chiesi tempo invan, chè già la faccia
Di suo padre atteggiavasi a minaccia.

Funesto dì, non mi uscirai di mente!
Spontaneo il suo venire ella dicea,
Spontaneo l'atto; e pure (ah! io l'ho presente!)
In così dire tremava e piangea,
Tremava come vittima impotente,
Ed il tremor dissimular dovea;
Ma quando a Dio per sempre si promise,
Piombó priva di sensi, e il padre rise.

Presto conobbi, ahimè! ch'ella non era
Vocata affatto, e che le amiche suore,
Fra le quali parea come straniera,
E 'l nostro monastero avea in orrore:
Pure sperai che il tempo, la preghiera,
L'altrui consiglio e il mio materno amore
Quell'anima acquistata avriano a Dio;
Ma alquanto s'ingannava il creder mio.

Non lacrima, non riso era in quel volto,
Non colore, non moto: ombrosa e muta
Assisteva a la chiesa; il cupo, il folto
Dell'orto amava e del convento; e astuta
L'inchieste ad ingannar, l'irava molto
Di esser cercata, seguìta, o veduta,
Solendo all'altre monache involarsi,
Girovagare intorno, e sola starsi.

O mia cara Teresa, alme ben ci hanno,
Che percosse da Dio fansi devote:
Ma altre, quanto più battonsi, si fanno
Tanto più tristi e da virtù remote;
Dal fulmin tocche alcune rupi vanno
Rotte in ischegge, restan l'altre immote;
Piglian del ferro la durezza bruna:
E di tai rupi, ahimè, Gabriella er'una.

E ne pregavo Iddio tutte le sere,
Quando una notte vision mi scese
Sul capo, orrenda. Mi parea vedere
Come Gabriella l'ali avesse prese
D'una colomba con le penne nere,
Fuligginose, a ratto vol distese,
Mentre vociando con lugubre metro
Ansioso un corvo le correva dietro.

Inorridita, quando si fè giorno,
Cercandola, nell'orto la trovai,
Dove vagava ai pergolati attorno,
E molte cose di Dio le parlai,
Commemorando l'immortal soggiorno,
L'infernal pena, che non fina mai,
La vanità d'ogni terren desio,
La pace che si trova amando Dio;

E soggiunsi: A che taci e non m'adocchi?
Ond'ella dopo avere fiso fiso
A lungo sopra i miei tenuto gli occhi
E fattomi di scherno un lieve riso,
Risposemi: Non so dove tu tocchi

Col tuo discorso e qual tu t'abbia avviso;
Ma al par di tutte l'altre tue sorelle,
Ben so tai cose. Ah! son pur cose belle!

Sospirando ripiglio: E a che, Gabriella,
Selvaggia e muta vivi tra di noi?
Ti pesa il mondo che lasciasti?   Ed ella:
 Anzi lieta ne son; veder lo vuoi?
E quì piglia a cantare una novella
D'amor profano, e i versi erano suoi;
Io l'interrompo immantinente, e dessa
Esclama sogghignando: Ah! mia badessa!

Allor dall'ampia valle non discosta
Dal bosco che circonda la badia,
S'ode un'altra canzon, la qual risposta
Alla canzon di lei sembra che sia.
Ella l'ascolta, nè tener nascosta
Puote la gioia, e suo contegno obblia,
Ma ricompone a gravità le ciglia,
Segni vedendo in me di meraviglia.

Poi quando quel lontan canto si tacque:
«È l'Eco, o cara madre, a dir riprende,
L'Eco, che la canzon, che a te dispiacque,
Si pigliò con amore, e me la rende;
Ma di': davver la mia canzon ti spiacque?»
Ed ecco in questa rimbombar s'intende
Di latrati la selva, a cui si mischia
L'acuto suon di cacciator che fischia.

Ci guardammo ambedue; poi dissi:Oh rio
Tempo ch'è il nostro! Dunque un vagabondo
In questi luoghi consacrati a Dio,
Osa portar le vanità del mondo?
Che cerca ei quì? «Per lui dirottel io,
Ella risponde: credi tu che in fondo
A queste selve non si nascondesse
Nessuna fiera ch'ei cacciar potesse?

Oh mia Teresa! certo l'intelletto
D'ogni buon'opra l'avversario antico
Fatta cieca m'avea! di quel suo detto
Ah! perchè non compresi il senso oblico?
Qual già d'intorno ad Eva, il maledetto
Il suo quì fea sentir fischio impudico;
Benchè in modo diverso: era Gabriella
Com'Eva infida, e com'Eva pur bella.

E ascolta, e fremi! Della sagrestia

Al governo preposta, ella per sorte
Era ragion che avesse in sua balia
Le chiavi della chiesa, e delle porte;
Quando un mattino entrò la cella mia,
E a me parve veder entrar la morte;
Sì pallida, o Teresa, ell'era, e tanto
Gli occhi avea gonfi pel recente pianto.

Mi consegnò le chiavi, ed esser tolta
Al suo ufficiò bramó, nè gliel negai;
Ma quando altrove uscendo si fu vôlta,
Io scendo nella chiesa; e che trovai?
Trovai la suppellettile sconvolta,
A rifascio gittata, e mi arrestai
Attonita; ma che? più innanzi a gire,
Ebbi cagione di vie piú stupire.

Gittata a terra con le sacre bende
Di nostra madre la statua giacea,
Che nel passaggio angusto, che si stende
Tra il muro e il corno dell'altar sorgea.
Le membra a quella vista orror mi prende,
E i miei passi rifó, perchè io volea
In quel medesmo istante, e ad ogni patto
Da lei sapere la cagion del fatto.

Ma già rinchiusa l'infelice s'era
Nella sua cella pertinacemente,
Nè forza di minaccia o di preghiera,
O d'inedia durata lungamente,
Valse a far sì che quell'anima fera
Ci rispondesse almen cortesemente;
Onde di noi ciascuna era sospinta
A giudicarla o forsennata o estinta.

Ed erano così tre giorni scorsi,
Quando una sera giunsene improvviso
Il padre, a cui non utili rimorsi,
Ma odii e cupi rancor leggeansi in viso.
Cercommi di sua figlia; e io a lei lo scorsi,
E di quanto seguia gli detti avvìso;
Ond'ei ne venne all'uscio, e lo colpio
Fortemente gridando: «Apri, son io».

Allora dall'interno al suon feroce
Risponder s'ode un gemito affogato,
Qual se il cor ch'avea spinto quella voce,
Per quella voce fossesi spezzato.
Apresi l'uscio, e con le mani in croce
N'esce la figlia innanzi al padre irato

Che con moto di man, subito, crude
Ricacciala entro, e insiem con lei si chiude.

E io stando fuori sbalordita e mesta
Origliava, ed udiva un parlar basso,
Un bestemmiar confuso, una tempesta
Di sospir tronchi, un faticoso passo.
«Ov'é?» chiedeva il padre ed all'inchiesta
Seguia cupo silenzio, indi un fracasso,
Indi il cader d'un corpo, indi un frequente
Ansare; e dopo, io non udia più niente.

Finalmente egli n'esce, ed a me dice:
«Per sciagure domestiche insensata
Dal dolore è mia figlia: io l'infelice,
Perché tentava uccidersi, ho legata.
«A te l'affido, a me più star non lice»;
E parlando così, s'accommïata;
Scendo con lui, gli apro le porte, ed esso
Si caccia nella selva a noi d'appresso.

Io attonita risalgo, e lei ritrovo
Che tutta si torcea stesa per terra
Cercando un laccio a scior, che in modo nuovo
Le man, la bocca, ed ambi i piè le serra.
Io a sciogliere quei nodi invan mi provo,
Alfin li taglio, ed ella a me s'afferra
Saltando in piè; si morde il labro a sangue,
Libra la lingua rapida com'angue:

«Ei me l'ucciderà; me piglia pria
Morte ed inferno!» esclama la furente,
E di mano sgusciandomi va via
Per la finestra rovinosamente.
Corre, vola per l'orto, e ne salia
Già l'alte mura, e ne scendea repente,
Quando il cupo tonare ad una volta
Di due fulminatrici armi s'ascolta.

Un urlo eleva allor la sventurata
Qual credo che il piú bell'angel di Dio
Mettesse quando su di sè piombata
Tutta del duol l'eternitá sentio.
Ruggì qual rugge l'anima dannata,
Che di sue colpe va a pagare il fio.
Al par dell'uno, al par dell'altra apparve,
Fatta tutta di fuoco, e poi scomparve.

Ed oh! del grand'Iddio bontà infinita!
Chi mai dopo gli orror di quella sera

Potea sperar che a spander luce e vita
Ripreso avrebbe il Sol la sua carriera?
Eppure la riprese, eppur fiorita
La terra riapparì come prim'era,
Sebbene al ciel di sangue umano il fumo,
Salisse dei suoi fior misto al profumo.

Chè nato il nuovo dí, nella foresta,
Il padre ed un garzon trovammo estinto;
Stringeano l'armi ancora, e manifesta
Facean l'ira ch'entrambi avea sospinto:
L'uno colpito al cor, l'altro alla testa
D'un soave pallore era dipinto
E gli piangeano attorno i fidi cani
Or fiutandogli il viso, ora le mani.

Dopo quel caso nove volte avea
In ciel la luna rinnovato il corno;
E poiché null'affatto s'intendea
Dell'apostata donna in quel dintorno,
N'era dal cor caduta, e si credea
Che vinto avesse già l'ultimo giorno,
Vinta dalla stagion, ch'aspre di gelo
Le campagne avea fatto e grigio il cielo

Quando una notte che dormia il convento,
Ed io memor di lei per lei pregava,
Odo, tra il freddo sibilar del vento
Che le chiuse finestre ci schiantava,
Una voce di femmina, un lamento,
Che da laggiú della badia s'alzava;
Scendo le scale, ratta accorro fuori,
E pensa or tu quello che vidi allora.

Terso qual suole nel più freddo inverno,
Scintillante per mille astri, e pel pieno
Disco lunar, faro d'un mondo eterno,
Si curvava alla terra il cielo in seno,
Che coperta di nevi, ove il superno
Fulgor feria con reduce baleno,
Parea l'ago bianchissimo di cui
Fosse scoglio il convento, e cigni nui.

A piedi del cipresso, onde riceve
Ombra l'atrio del tempio e la sua croce,
Vidi allora una donna in sulla neve
Seduta in attitudine feroce,
Feroce e stanca, come di cui greve
Disperato dolor l'animo cuoce,
La quale contemplava amaramente

Quel riso, in terra e in ciel sparso egualmente.

Alla mia voce si riscuote e ratto
Sulle nevi strisciandosi carpone,
D'accostarmisi prova; ma ad un tratto
Le vien meno la forza, e va boccone.
Allora, e fu così pietoso l'atto
Che la memoria innanzi ognor mel pone,
Erse il viso, mostrando al viso afflitto,
Che grave il grembo avea del suo delitto.

Tosto a quel viso benché scolorato,
Benchè per fame e duol tutto sparuto,
Riconobbi Gabriella, che gridato
Avea dianzi col vento, e chiesto aiuto:
«Dunque sei tu, figliuola del peccato?
Dunque sei tu, dal cielo angiol caduto?
Sei tu d'inferno velenoso acquisto?
Sei tu, tu sposa adultera di Cristo?»

Cosi le dissi, ed ella: «O madre mia,
Se credi in Cristo, e al par di me tradire
Nol vuoi, per pochi istanti asil mi dia
Il tuo convento. A me non cal morire,
Nè dov'o muora, no; ma in breve sia
Ch'io qui mi sgravi. Lascerai perire
Tu la mia prole? Già qual duol d'inferno
M'ange, sicché mi uccide il duol materno».

O mia Teresa, fu su questo letto,
Dov'ora giace Eugenia addormentata
Che nacque Eugenia! Con insano affetto
A sé la trasse appena che fu nata,
Ed anelando, e lagrimando al petto
Se la serrò la madre sventurata;
Fissandola con l'occhio moribondo,
Mesto per lasciar lei, ch'era il suo mondo.

Poi me la porge, e mentre io me la prendo:
«Ecco, dice, mia figlia, a te l'affido;
Nè quì, né altrove rivederla attendo;
Da lei per tempo eterno or mi divido,
Abbia in te la sua madre: io la commendo
Alle tue cure. A me fu il mondo infido,
E or che ne sono sull'estremo passo
Veggio la vanità di quel che lasso.

E mi giura però che tal cresciuta
Sarà la figlia mia, che la sua mente
Ignori il mondo e l'uom; le sia taciuta

L'origin sua; non sappia parimente
Me, ed il mio nome: non sarò veduta
Da lei nell'altro mondo certamente.
Or io scendo all'inferno, ell'andrà a Dio:
Onde a che pró saprebbe il nome mio?»

Gabriella, io dissi, se così ti pesa
Separarti da questa orfana figlia,
Ecco il confitto Dio, ch'ogni sua offesa
Ti perdona, e a pentirti ti consiglia,
Invocalo: nel ciel ti sarà resa
Questa fanciulla ch'or da te si piglia:
Se tu contrita gliene dai la cura
Da questo mondo puoi partir sicura»

Ed ella: «Di' al tuo Dio che parli ei stesso;
O ha bisogno d'interpetre? Od ignora
La mia favella? Ciò credetti io spesso
Quando rea, sì, ma non caduta ancora
In forza gli chiedea pel cuore oppresso;
Perchè fu sordo, nè m'intese allora?
Da me or che vuole? Quel ch'è fatto è fatto;
Non con lui, con Satanna ora è il mio patto.

Vuol ch'io mi penta? Ah! non avrà tal vanto.
Era una notte; a turpi affetti schiava
Sentiami l'alma; dormivate, e intanto
Il mio fallo a compir m'incamminava;
Giungo alla chiesa; passar debbo accanto
All'ara, a Santa Chiara; il piè m'aggrava
Un subito terror; dubbio, m'arresto...
Oh inferno! ancora era il mio core onesto.

Io non cadeva, o madre, io non cadea,
S'allora un guardo, un cenno, un movimento
In quella statua, o madre mia, vedea.
Essa stié immota? Ed io passo, e divento
Contaminata; ma al tornar ch'io fea
Di nuovo accanto a lei la sua man sento
Affogarmi la gola. Oh maledetto!
D'un mal, che tor potea, togliea vendetta!

Madre, io la rovesciai, lottai con lei,
Com'ora lotto, e fo spietata guerra
Con l'alma mia, la qual scagliar vorrei
Oltre i confin del cielo e della terra.
Ora vadano al nulla i pensier miei,
Nè curo il loco, ch'otterró sotterra.
Non avró forse, se all'inferno cado,
Requie nel fondo? Dove vado, vado.

Si; dove vado, vado: assai soffersi,
E una pace sarà per me l'inferno.
Per nove mesi nei boschi mi spersi,
D'erbe solo nutrita in crudo verno.
Vissi tra fiere; i miei pensier pur fersi
Selvaggi, non curanti dell'Eterno;
E pur tutto ero nata per amare,
E bello era per me ciel, terra, e mare.

Ed or tutt'odio, e d'odio m'alimento;
Vorrei che terra e ciel crollasse meco.
Se amore eterno rende il ciel contento,
L'odio rallegra al par l'abisso cieco,
Còm'or felicità non avrò drento,
S'odiar potrò dal luogo ove mi reco?
Griderò contro il cielo e chi l'ha fatto,
Maledirò quel Dio, che a tal m'ha tratto»

Così quell'infelice, o mia Teresa,
Moria maledicendo, o maledetta.
Oh tristo fine di chi al mondo intesa
Turpe fiamma d'amore ebbe concetta!
Or tu al Signore, che per man t'ha presa,
E sollevata fuor da quest'infetta
Val del mondo, che obbligo non hai?
Quai grazie non dei dar, che tu non dai?

Qui tacque la Badessa, e si piacea
Della buona Teresa, che ascoltato
Or lacrimando, ed or fremendo avea
Dell'apostata suora il tristo fato.
Per gli spiragli intanto ivi rompea
Il primo raggio del mattin rosato,
E s'estinguea, guizzando, a poco a poco
Della notturna lampa il lume fioco.

Onde Teresa, la finestra aperta
Al lustro adulto della nuova aurora,
S'accosta al letticciòlo, ove coverta
Crede l'Eugenia sua che dorma ancora;
La contempla, la palpa, e: Oimè, diserta!
O madre, esclama, ahi che di vita è fuora!
Dice, e del letto cade sulle sponde,
E la Badessa: Grazie a Dio! risponde.

Al grido di Teresa accorre presto,
Indovina del caso ogni sorella,
E sul guanciale la riversa testa
Rimirando di lei fatta più bella,

Divien di marmo, e bianca e fredda resta
Priva di movimento e di favella,
Finchè volar vedendo a sè d'accanto
Una farfalla, scoppian tutte in pianto.

Perocchè, fosse caso, ovver divino
Volere, quivi una farfalla apparse:
Pria girò per la stanza, e 'l peregrino
Volo sopra Teresa andò a librarse,
Indi spiccossi; al raggio porporino
Del mattin corse incontro, e via disparse;
Attonito affacciossi il vergin stuolo
Alla finestra, e ne seguiva il volo.

 Che guardate, o figliuole? E' dessa, é dessa;
Sei tu, della mia Eugenia alma innocente,
Che al regno eterno ove il gioir non cessa
Spingi con lieve vol l'ala fulgente.
Così dice soltanto la Badessa,
E 'l verginale stuolo a lei credente
Torna ad Eugenia, e volti gli occhi al cielo
Ne asciugano le lagrime col velo.

Di poi desiando l'osservanze estreme
Rendere a chi fu lor delizia e cura,
S'affretta ognuna, a tutte l'altre insieme,
E di vestirla, e di adornar procura.
Chi con serto di rose il crin le preme,
Chi un crocefiso ponle alla cintura,
Chi del feretro alluma attorno attorno
Candide cere a fare più bello il giorno.

A quel ferétro si sobbarcan preste
 Quattro fanciulle, ed anche a te vien dato
Aver loco, o Teresa, in mezzo a queste,
 E sottopor le spalle al peso amato.
Con occhi bassi l'altre suore meste
 Precedono in lungo ordine serrato,
 Mentre che la Badessa eleva un canto,
 Cui risponde lo stuolo tutto quanto:

 Sia il canto sommesso sia il passo leggero,
 Perché non si svegli quest'angelo vero,
 Perchè non si svegli dal sonno profondo
 La bella fanciulla che parte dal mondo.

 Qual ape dorata su candida rosa
 Un angiol nell'alma di lei si riposa,
 Riposa e passarle fa innanzi alla mente
 D'amabili sogni   una schiera ridente;

Di sogni soavi, siccome i sottili
Dell'aurea sua chioma lunghissimi fili,
Che il Sol tramontando per nuvole opposte
Dardeggia alle valli dardeggia alle coste.

Or sogna elevarsi con placidi giri
Pel cielo, e sul cerchio danzare dell'Iri,
Di concava nube formarsi un battello,
E andare da un mondo a un mondo piú bello.

Or sogna che un angelo, scuotendo le sfere
Glien faccia su capo le stelle cadere,
Ed una all'orecchio un pendente gentile,
E dieci le formino   alla gola un monile.

Or sogna rapire dell'alba il mantello,
Aver sotto i piedi la luna a sgabello,
Vestirsi una veste di rose e di viole,
In man palleggiare lo globo del sole.

Felice, chè vere ritrova al destrarse
Le immagini belle nel sogno comparse!
Felice, chi il letto dov'era addormita
Cercando, si trova con Cristo riunita!

Sia il canto sommesso sia il passo leggiero,
Perchè non si svegli quest'angelo vero;
Perché non si svegli dal sonno profondo
La bella fanciulla che parte dal mondo.

Ed io, seduto un dì sulle rovine
Dell'antica badia, chiedeva attento
All'eco delle selve, che vicine
Mesceano i lor sospiri a quel del vento,
Il suono ancor di tai voci divine,
E apparire sparire in un momento
Vidi quai larve quelle suore, e dissi:
Quanto son vaghe! e la lor storia scrissi.

FINE